死亡沙灘

為了提供家人更優渥的生活，遠渡重洋赴英工作，
沒想到竟一去不返，走上不歸路！
這起悲劇為何發生？幕後的真兇又是誰？

冰岩 著

本故事涉及的人物純屬虛構，如有雷同，純屬巧合。

一個活著的人的靈魂，最害怕的是讓自己如噩夢般的回憶緊追不放。

這種回憶似無法擺脫的獵人，用槍瞄準自己的腦袋，當靶子一樣，自己隨時有被回憶毀滅了前程的可能。

除非自己能勇敢衝出回憶，戰勝自己回憶中如影隨行的魔鬼，才能真正重新獲得新的生命。

可是，想要衝破回憶實在不是一件容易的事……

目次

童年的記憶

爸爸出遠門的時候我才不到十歲。那一天，媽媽把我從學校裡提前叫了出來，她帶著我到村口去送爸爸，爸爸臨行前把我抱了起來。我瞪大了眼睛看著爸爸，因為爸爸常告訴過我，我已經長大了，再不用爸媽抱著了。我猜疑地望著爸爸的眼睛，他的眼神裡充滿了神秘的喜悅和期望，他撫摸著我的頭說：「我不在家，你可要聽媽媽的話，多幫助媽媽幹些活，不要整天光想著去玩，等我回來給你買最新的玩具。」我睜大了眼睛一個勁地點頭說：「好啊！好啊！爸爸你可要早點回來呀！」媽媽在一旁看著看著，她的眼淚就默默地流了出來。不一會，來了一輛滿是塵土的麵包車，爸爸緊緊地把我抱在懷裡，笑著看了看我，又鬆開一隻手來撫摸我的頭和脖子，說了一聲：「聽你媽媽的話！」之後就把我交給了媽媽，他沒有再跟媽媽說什麼，就跟著其他的叔叔們一起排班準備上麵包車，在車的門口爸爸跟我們揮手說：「回去吧！」說完爸爸又揮揮手就上了麵包車。媽媽緊緊地抱著我，強裝著微笑，不讓眼淚從眼睛裡流出來，用叮囑的語氣說：「你到了，就馬上打電話告訴我們，一路上你可要……」媽媽的話還沒有說完，爸爸就硬是打斷說：「我會的，你放心吧，我得上車了。」就這樣，媽媽和我目送著滿身灰塵的麵包車在鄉村的土路上揚長而去，車後泛起了一陣沉重的灰塵……

爸爸一走就是幾個月都沒有任何消息，媽媽一個人帶著我，天天盼望著能有爸爸的音信。我的外公外婆住在另外的一個村子裡，他們常來看我們娘倆兒，給我帶來好吃的東西，他們跟媽媽聊天的話題也總是離不開要問起爸爸的消息。媽媽總是把我支出去，才跟外公外婆談論爸爸的事。有一次我在門口偷聽到媽媽說：「咱也不知道他要乘坐什麼樣的海船貨櫃和大汽車，要輾轉過多少個國家和關口，這麼久了仍然沒有任何消息，都要把我給急死了。」外公安慰媽媽說：「沒事兒，他們一起走了二十多人，咱們把該交的費用全都交齊了，手續都早就辦好了。你就不要總犯嘀咕了。」

外婆也說：「咱們這位女婿呀，人老實又厚道，手腳勤快，身子骨也結實，他要給你們娘倆兒尋求到更好一點的生活。其實呀，我也很擔心，我知道你們為了這個願望，把幾年來家裡的全部積蓄都從銀行裡領了出來，又打親戚朋友那裡借了那麼多的錢，支持他跟村上的哥兒們一起買了去英國的『保票』，偷渡去那邊，這要萬一出了個差錯，可怎麼辦。不過咱村上年年都有出去的人，從來還沒有出過大錯。咱們就耐心地祈禱，盼著早點有消息就是了。」

媽媽每天都要早出晚歸，拚命種地，總在不停做著那些沒完沒了的莊稼活和家務活，她好像是一個人在做著兩個人的工作，就像是原來爸爸和媽媽共同分擔的工作，現在都要由母親一個人來拚命地加倍做完，而且要做得更好一樣。每天晚上看到媽媽累得精疲力盡的樣子，我不知道該說些什麼才能安慰她，媽媽卻總是把我拉到她的懷裡，撫摸著我的頭告訴我：「爸爸是為了我們全家能過上更好些的生活，去了很遠很遠的地方，要很多天以後才能回來。」媽媽也只有一個念頭，就是為了讓我們生活得更好而努力工作。在我的心底，我很清楚媽媽跟我一樣想念著爸爸，我和媽媽有著一個共同的願望，就是盼著爸爸早點回來，那樣我們就能過上那種「好日子」了。

從那以後我放學到家後，就馬上扔下書包跑去幫助媽媽做農活，常常得使盡吃奶的勁才能跟上媽媽幹活的速度。每當有我幹不動的活，我就特別想念爸爸，有時候真想放聲大哭，可是總要默默地對自己說：「如果爸爸在身邊的話，他準會幫我一把，那該多好！」不要哭，爸爸不是告訴我：「你長大了！」嗎？！再想到媽媽總也是用「等到你的爸爸帶回來的好日子」這句話來支持著度日過活，我就能破涕而笑，給自己打氣，總想要為媽媽多做點活，同時跟媽媽一樣默默地盼望著早點能有爸爸的消息。時間就這樣一天一天地過去了。我已經記不得媽媽有在夜裡偷偷地哭過多少次、流了多少的眼淚。

媽媽和我就是這樣，抱著同樣盼望來撐下去，一天天地度日子。爸爸要去的地方、他要走過的路程一定是很遠很遠，因為過了那麼久的時間，我們都沒有爸爸的音信。我一直在想爸爸要走的是什麼樣的路？那麼樣的漫長，他每天要吃什麼樣的東西？爸爸臨行前的那種神秘和期望的眼神一直在我的腦海裡盤旋，我相信爸爸一定會給我們帶來希望；爸爸大概要吃不少的苦頭、也許還要承受很多的擔心與恐怖。我們花了整整九個月的時間，才等到了他的消息。在那九個月裡，媽媽整天提心吊膽地為爸爸的安全和健康而擔心，直到媽媽和我收到了爸爸從那遙遠的地方打來的電話，媽媽才把那顆懸在喉嚨裡的心放進了肚裡。那一天的晚上，我正在寫功課，媽媽在廚房做晚飯。電話鈴聲忽然響了起來，正在準備晚飯的媽媽催我快快拿起了電話筒，我還以為是外婆打來的電話呢。拿起了電話我就說：「你要找我媽媽嗎？」沒有想到卻是聽到了我的爸爸從很遠的地方打來的長途電話的聲音：「我到英國了！孩子，告訴媽媽我到英國了！」

「爸爸！爸爸！英國在哪兒？」我好驚喜！就一邊高聲喊叫媽媽來聽電話；一邊大聲問爸爸英國在哪兒，他是怎樣到了那兒的。來不及洗乾淨滿是麵粉的雙手，媽媽搶過電話，臉上掛著喜悅的淚花，嘰嘰喳喳地就跟爸爸講了起來。我站在一邊聽著、看著媽媽又激動又驚喜又心酸的眼淚一串串地從她那美麗晶瑩的雙眸裡滾了出來。媽媽臉上盡是喜悅的神情，用溫柔慈愛的語氣跟爸爸說話，讓爸爸放心家裡的一切。我聽到爸爸說他已經安全地到達了要去的目的地，跟幾位同鄉的鄉親在一起工作了，有吃的有住的，不用媽媽擔心。爸爸還告訴媽媽說：「我在英國有了工作，可以掙錢了，以後會每週給家裡打一次電話。英國的時間比中國晚八個鐘頭，記住，我會在每個星期日的晚上給你和孩子打來個電話。」就這樣，媽媽和我每當星期日的晚上就等著爸爸的電話，每次聽到從好遠好遠的大洋洲的那一頭傳來的爸爸的聲音，我和媽媽都會欣喜若狂地擁抱在一起，把我們能夠與爸爸重新生活在一起的那種歡快美好的生活希望，都能夠在我們各自的腦裡像演電影一樣地演過一遍。電話把我們全家人的心凝聚在了一起，也把我們共同嚮往的幸福生活與為了這種幸福的生活而各自努力奮鬥，為此我們要共同來忍耐、求生存，講電話給了我們對幸福生活期待的力量和信心，電話又把我們全家三人的心連得更緊密了。

打那以後，我總盼望著過星期日的晚上，盼望著能聽到爸爸的聲音，儘管他講電話的時間從來沒有超過三五分鐘，但是就在那暫短的幾分鐘之內，媽媽、爸爸和我的心透過電波融合在了一起。只要媽媽接到了爸爸打來的電話，她都會綻開臉上的憂愁而對我送上甜蜜的疼愛與微笑；有時，媽媽還能一邊幹活一邊愉快地輕聲哼唱起當地的情歌。這樣，就給了我一個撒嬌耍賴的機會，媽媽也會陪我遊戲、玩耍，只有這會兒，我才能體驗到自己在媽媽的眼裡依舊是一個頑皮的小孩子。媽媽是個活潑開朗的人，她一高興起來，好像整個房子都跟著她的輕快舞步與歌聲在蕩漾。

在福建省的鄉村裡，男人們成家後都恪守著一個不成文的規矩——為了提供老婆小孩生活所需要的費用，男人得出門在外地打拚；女人要在家裡照料好雙親和孩子，還要忍受過著「守活寡」一樣的生活來等待自己丈夫的歸來。我不知道媽媽背地裡偷偷流過了多少眼淚、吃了多少苦；只記得在爸爸出門以後，我自己在學校裡，經常被其他的小朋友給欺負得落淚。有許多次，我被同學欺負得傷透了心，那時自己總是默默地想：「等爸爸從英國回來，他肯定會替我好好地收拾你們這些壞蛋！」在爸爸出遠門以前，我跟所有其他的小朋友一樣，是父母親最疼愛的獨生寶貝兒子，在他們眼睛裡的我，那可真是「捧在手裡怕跌碰了，含在嘴裡怕融化了」的心肝寶貝。我整天都是無憂無慮，這些天真爛漫、地地道道是幸福生活寵兒的甜蜜記憶永遠珍藏在我心中。爸爸出門以後，我從來不對媽媽講自己受氣的事，暗地裡盼望著能聽到爸爸那鼓勵和疼愛的聲音。與我相依為命的媽媽為了鼓勵和安慰我，相信媽媽也同時在鼓勵和安慰她自己，她常常堅信不疑地對我說：「讓咱們盼著你的爸爸早點從英國回來吧，到了那時，咱們生活中的一切就都會好了。」

快到二〇〇三年農曆年年底臘月二十三過小年的時候，郵遞員為我家送來了一張單子，媽媽在單子上簽了字，又帶上了印章去了郵局。我拉著媽媽的衣襟跟在她身邊，原來那是爸爸第一次給家裡郵寄回來的兩千英鎊血汗錢。後來才知道這只是他出去時要付那些給安排他偷渡到英國的人及所需費用的百分之一。當時，媽媽拿著取款單跟我叨咕著說爸爸還要郵寄回來多少次像這樣的血汗錢，我們才能夠還清債務，才能過上好日子，爸爸就可以為我們自己的幸福生活而掙錢了！爸爸回來的日子也就會快到了！新生活的希望也就快真正地能夠實現了！

到了二〇〇四年的農曆大年初一的那一天，爸爸又給媽媽打來了電話，他告訴我們，每逢佳節倍思親，他非常想念我們，也非常疼愛我們。爸爸和媽媽在電話裡互相拜年又互相傳送恩情愛意和彼此的安慰。手裡拿著電話機筒，媽媽的眼淚又是流得比泉水還急，但是她還能用鼓勵的語氣來安慰爸爸；爸爸聽出媽媽語氣中的思念與分離帶來的苦楚，就催促媽媽應該帶上我，去我的外婆家裡住上幾天，爸爸想讓我們的心情都能快活一些。這次爸爸打來的電話好像時間最久，爸爸的話也像電烙鐵一樣，句句都永遠留刻在了我的心上。

媽媽非常崇拜爸爸，無論爸爸說什麼，媽媽都會照辦。媽媽按著爸爸囑咐的話，隔天就帶著我到外公、外婆的家裡。我給他們拜年，外公外婆特別歡心，給了我幾個用紅紙包裹著的壓歲錢，大家在一起吃年飯、看電視，有說有笑，都很開心。在外公外婆的家裡，媽媽告訴外公外婆說爸爸已經往家裡郵來錢了，那會兒英鎊兌換人民幣的比值是一比十五，有了這樣一個好的開始，就是我們全家幸福生活的希望。外公外婆二人聽了以後都忍不住拍手歡笑，還豎起大拇指一致稱讚爸爸很能幹、很節省，剛剛去了英國，只有這麼短的時間，就給家裡郵寄來現金幫助還債，真是好樣的！照這樣下去，爸爸去英國前欠下的好幾十萬元的那筆債款，用不了一年就能會還清了。這樣能幹的好男兒很使得老人家稱讚和自豪！

外公外婆還跟媽媽講起了我們祖祖輩輩居住的福建省，從古代明朝起，就有大批華人為了尋求更好的生活走上「下西洋」之路的慣例。福建人早就有敢去「闖大運」以便「發洋財」的膽量和歷史。那會兒，我才知道在我們的家鄉，每年都有許多身強力壯的好男兒，為了追求更富裕的生活，想盡辦法到國外後，都能發財。他們或是衣錦還鄉，或是將全家老小接到外國去享福。就是這些出國的人，他們不僅有了光宗耀祖的榮譽，還能為老家福建省的經濟繁榮做出卓越的貢獻。因為一個人出去以後，總要為還在老家生活的其他家人的生活著想，一定會寄回他們用血汗掙來的金錢和生活用品，這對福建的經濟發展起到了極大的推動作用。更何況在國外的福建人，他們非常「抱團」，福建人走到哪裡都會碰上「同鄉會」的會員，老鄉們在一起肯定能夠幫助同鄉人。福建人「抱團兒的精神」的佳話早已聞名華人世界，福建人勤奮、互助、顧家的精神，也早就成了在國外奮鬥的所有海外華僑們的光輝榜樣。

外公外婆心情很好，他們暢快地跟媽媽聊了許多等到還清債務以後，爸爸就可以給自家人賺錢了的美好前景。我在一旁聽著，想像著爸爸回來的那一天，就可以像村裡頭其他遠洋重歸的重要人物一樣，趾高氣揚地衣錦還鄉，慷慨大方地捐款建立村上的福利設施，還有許多最新的電子設備……等等。聽著媽媽跟外公外婆聊天，我的思緒早就飛到了跟爸爸相聚的那一刻。忽然，媽媽說：「我們娘倆兒已經在這裡住了幾天了，該回家了。」這句話一下子勾起我對聽到爸爸講話的聲音的渴望，我從椅子上蹦了起來，拉著媽媽催促她快回家吧。媽媽沒有阻攔我，她跟外公外婆說了幾句客套話後，就順從地拉著我的手走出了外婆的家門。我們娘倆兒，有著共同的願望和極度思念爸爸的心情，只盼望時間能快一點地過，星期日快一點地到，我們才能聽到爸爸的聲音。我們沒有等到過完元宵節，就回到了我們自己的村子裡，因為媽媽生怕錯過爸爸的電話。但是，那個星期日，我們等了整天都沒有等到爸爸打來的電話。我們的心像長了草，又好像在燃燒，無盡地等呀等，而且……，我們也永遠無法再等到我最敬愛的人——爸爸的電話了。

終於，村裡陸續有人接到從英國的親人打來的電話說：「咱們的親人在英國出事了！」

破滅的夢

福建省有聞名全中國的風景和美麗都市，也有資源富庶的小鎮、漁村。那裡的房屋建築有著濃厚的熱帶雨林區的色彩，又有著多年中國文化歷史和外來西方建築的影響，每一幢樓房和每一條街道都凝聚著當地福建人和旅歐歸來者們辛勤勞作的汗水、智慧、創新的結晶。在我們的村上，雖然留在村裡的人大都是老的老，小的小，年輕人也不多了，但大家都有著連帶關係，都能夠做到互相照應和幫助。特別是有成員一同搭夥去了英國的家庭，大家雖然住在不同的街道上、不同的房子裡，但是，都宛如一個大家庭，如果誰有了自家人從英國來了的消息，都會互相轉告，共同分享，彼此安慰。多少年來在這個村上，這樣的做法已經成了不成文的老規矩了。

我和媽媽在大年正月十五這一天，一直坐立難安，好像走在刀刃上，揪著心盼著爸爸的電話。等了許久，已經過了爸爸正常來電的時間了，還是沒有電話鈴聲。開著電視機，電視上演的是什麼節目我完全跟不上了，我已經很睏了，媽媽催我上床睡覺，我已經在電視前睡了幾覺了。可是媽媽還強撐著，邊看電視邊等爸爸的電話。大約是到了凌晨，鄰居張二嬸忽然慌慌張張地跑來對媽媽說：「福哥有電話嗎？聽說咱們的親人在英國出事了！」半睡半驚訝的媽媽立即神經質地發問：「出了什麼事？寶兒的爸爸一直都沒有給我們打來電話，他怎麼樣了？」被驚醒的我，立即發覺媽媽的心一下子懸到了嗓子眼裡。張二嬸繼續說：「村上鄧老大伯的兒子打來了電話說：有咱村上的親人溺水遇難了！有許多人都被忽然漲上的海水給截住了，他跟村上的許多人一樣被洪水給吞噬了！」媽媽不情願地看著張二嬸，半信半疑地領會著她說的話。

可是，這個令人心驚膽顫的消息很快從四面八方紛紛傳到了我和媽媽的耳朵裡，也傳遍了這個平時十分平靜的小村莊，傳遍了整個福建大省和全中國。媽媽和我都怕死了，我們的心都焦急得如一觸即發的烈火，不知道爸爸到底是否也出事了？最後，我們終於盼到了回音，爸爸的在同鄉會裡的好友從英國給媽媽打電話來說：「大年正月十五這一天的下午，你孩子的爸爸、福哥與許多人一起去毛蛤蜊灣挖蛤蜊，遇到了特大的海潮，他們裡面有二十多個人一直都沒有能夠返回家中。到了現在，還沒有弄明白究竟是什麼樣的結果，還沒有具體下落。嫂子，我對您說實話，這恐怕是凶多吉少了……」媽媽和我聽到了這個消息以後，先是被此噩耗震懾得感覺麻木，然後抱頭痛哭，極度的擔心、恐懼都終於被證實了——我的爸爸跟村上的許多人一樣出事了！媽媽和我只覺得天旋地轉，對媽媽和我來說，那可真是世界末日終於降臨到了我們的頭上了。

福建人最能抱團兒、最有團結互助心和互相關愛的心。很快地，我和媽媽就得到了家人和村上鄉親們的關照，鄉親們還把他們知道的其他罹難者的消息一一講給我們聽。

二〇〇三年，我們村裡從陸路和水路偷渡到英國的村民共有二十多位，他們都是我們村上年輕力壯的好男女。其中，杜老先生的大兒子杜小陽叔叔在他生命的最後之際，從六千里之外，給他的妻子打來電話說：「我和許多咱們村上的華工工友們，被一位也是咱們福建省的華人工頭帶領著，來到了英國中部的一個沙灘上挖蛤蜊，我們只管埋頭專心撿拾蛤蜊，根本就沒有想到潮水會這樣忽然就向我們張開了血口，鋪天蓋地吞噬般地湧來，我們現在都處於萬分危險的狀況之中，潮水已經湧到了我們的胸部，我就要被洶湧的浪潮給推倒，我已經被浪潮沖得站不住腳了，就要被海水給吞噬掉了。這是我們的老闆，他犯了一個小小錯誤，他把時間給計算錯了。早在一個小時之前，就應該把我們都招呼回去的，可是現在太晚了！請你和父母為我祈禱求生！我就要不行了！你要照顧好我們的孩子和老人！我怕不行了……」他的話還沒有說完，就被洶湧的海水給吞沒掉了。接著，杜小陽嬸嬸聽到的只有那呼嘯的海水的聲音。而後，一切又變成了死一般沉靜。

從那以後，杜嬸嬸就好似變成了「祥林嫂」一樣的女人，她逢人便重複起她的丈夫臨終前給她打的那通電話，那幅洶湧海水吞噬同胞們的情景，她還學著大海咆哮時的恐懼與呼嘯海潮的聲音，一遍又一遍地訴說那洶湧無情的海水與丈夫的呼救之聲，接著就是她自己從內心深處發出的慘痛哭嚎。蒼天在上，大地肅穆，杜嬸嬸的悲痛哭嚎，釋放出了全村婦幼老少，對於失去了他們自己的親人，從心底裡無法道出的悲痛。

我們村上一共有十幾戶人家的親人都在英國的這個海灘上遇難了。在那些悲痛欲絕的日子裡，全村人聚集的地方就是教堂。從清朝末年開始，福建省在英國基督教長老的幫助下，修建起來的基督教堂。後來，「葉落歸根」的旅歐老僑民又回來拜祖、修建新的教堂。到了今天，就有更多的村民信奉基督教，在我們的村上，村民雖少，卻有兩處基督教的教堂。離我家不遠的那個教堂，是媽媽和我在爸爸走了以後，我們經常去做禮拜和祈禱的地方。這個教堂去年又有了新的裝修，錢都是村上的人去了歐洲、英國以後，從國外郵寄回來貢獻給教堂，作為教堂購買經書和重新修建的資金。慘案發生以後，教堂的女牧師首先就來到了我們家裡，看望媽媽和我，她一手拉著媽媽的手，一手把我摟抱在她懷裡，安慰我們說：「上帝與你們同在，幫助你們，愛護你們，給予你們勇氣和力量來度過此極度悲哀的時刻。」

村上所有遇上這次慘案失去了親人的家屬們，在這個悲哀的時刻，唯一可以去的地方，就是教堂了。在教堂裡，罹難者的親人與朋友們能夠得到心靈上的安慰；在教堂裡，罹難者的靈魂能夠得到解脫。在那段難熬的日子裡，媽媽總帶著我去教堂裡祈禱，我們祈禱爸爸的遺體能盡早送回村子裡。在那段時間裡，我好像長大了許多，我第一次明白了：我們直到面對悲哀才知道，爸爸在家裡跟我們在一起的日子，是多麼珍貴和快樂，沒有爸爸的日子究竟該是怎樣過。就像沒有戰亂就不知道和平的寶貴，沒有被叛就不懂得怎樣珍惜友情一樣。媽媽和我從未真正地體會到爸爸對我們的愛是那樣深摯，那樣真誠，直到我們永遠永遠地失去了他的慈愛……。在我們完全喪失了生活下去的信心的時刻，才明白了什麼是真正的希望；從小受到的基督的教育，是我和媽媽唯一能夠繼續生活下去的精神上的依託。我們經常跪拜在教堂裡，忘卻了時間，直到被好心的牧師和鄉親們攙挽著、送回到我那好爸爸親手為我們建立起來的家。爸爸為了給我們一家三口人尋覓到更美好的生活，卻是永遠永遠地離開了媽媽和我……

孤兒學院

從那個炸雷劈開般的正月十五夜晚開始，媽媽和我就好像是生活在難熬的地獄裡一般，除了在教堂裡祈禱以外，我已經記不得媽媽和我是怎樣度過那個二〇〇四年春天和夏天的了。我們好像等待了一世紀之久，才終於在那年的深秋日子裡，等到了爸爸與其他二十位鄉親的遺體被英國警察護送著回到了老家。到了那會兒，媽媽和我已經被這殘酷的事實給折磨得半瘋半傻了，我們的眼淚已經哭乾、心血已經耗盡。當媽媽和我見到了那位在電話裡已經成了我們的朋友的英國女警官時，那位我們聽熟了她的聲音的女警官，先是緊緊地跟媽媽握手，緊接著她就把我和媽媽同時緊緊地擁抱在一起了。在那一瞬間裡，她說：「此時，成千上萬的英國人都與你們在一起，分享你們的悲哀，送上他們的安慰。」女警官的話像一股帶著芳香的新鮮空氣，輕輕地吹動了媽媽和我快要冰死了的心。英國女警官誠懇的態度、仁慈博愛的言語讓媽媽和我很受感動，我們唯一能講給她的話就是：「感謝上帝派你來這裡幫助我們！」。

媽媽和我，在英國警方代表、我們村上的村民和我們的親屬陪伴下，把父親的遺體按照基督教的儀式下葬在村子上的基督徒墓地裡，在教堂為所有罹難者舉行的集體追悼會葬禮上，女牧師用了最大的努力才忍住了她幾次因過分悲哀，而幾乎要中斷的講話。在場的村上人無不淚下漣漣，就連站在我身邊的英國警官們，也都肅然敬慕、致哀祈禱，那位充滿了人情味與仁愛心的女警官一直都陪伴在媽媽和我的身旁，她幾次把自己的手帕拿出來，為哽咽的媽媽擦去流不盡的眼淚；又不時地轉過身來，親吻了我的前額，含著淚水來安慰我們母子倆兒破碎了的心。葬禮以後，英國警官們完成了他們的使命，就要返回英國去了，女警官拉著我們母子的手說：「如果有一天，你們來英國，不要忘記我仍然是你們的朋友。」女警官說完，就把她的名片塞到了我的手裡。我本來是想對她說：「感謝上帝，你為我們所做的一切。」但是，在分手的關鍵一刻，我們都被一種無法用言語表達的感情所鎖住了，激動得無法言語。就這樣，英國警官們登上了跟我爸爸離去時一樣滿是灰塵的麵包車，緩緩地在鄉村的塵土路上揚長而去。媽和我站在路旁目送著，只見車後泛起了一真沉重的煙塵。車已經開出很遠了，女警官還在向我們揮動著再見的手臂和安慰的飛吻……

我本來打算自己要不得不輟學了，好幫助媽媽幹活掙錢，償還父親為了去英國欠下的債務。可是，媽媽，畢竟是一位脆弱的女人，她無法承受如此沉重的打擊，無法償還爸爸留下的巨額債款，更無法忍受面對我們今後孤兒寡母如地獄一樣的生活，她在爸爸的遺體下葬後不久，在那同一個無情的冬初季節，含恨自刎，離世而去。

我無法擺脫這些可怕的記憶，但是，只有我的記憶，伴隨著我，走上了孤兒的道路。我也曾經多次地想到過自己也要去尋死，去天堂裡，重新與爸爸媽媽相互擁抱在一起。但是，我要完成我自己的使命。在我的記憶中，我不僅有父母給過我的愛，還有我父母從小帶我去的基督教堂，從基督那裡得到的愛，還有通過香港電視臺為我們村上其他的像我一樣的罹難者的家屬、孤兒伸出了仁愛之手的幫助。香港電視臺通過電視新聞報導向整個社會做了求救呼籲，讓那些像我一樣，失去了慈愛父母的孤兒們，能夠得到有仁愛心、慈善心的社會人士、團體給予的幫助。讓我們重新獲得希望，能夠在絕望中生存下來。我在被迫輟學之後不久，就得到了這樣的幫助，使得我能夠在香港的孤兒院裡繼續讀完小學最後的課程。我又在香港的同一所孤兒學院裡繼續讀中學，同時還得到社會各方面人士的關愛與幫助，讓我能夠有機會潛心學習。我為了報答社會給了我這樣好的學習機會，拚命努力學習，終於得以優秀的學習成績，提前完成了中學的全部課程，並贏得去英國謝佛爾德大學的神學院學習神學理論的獎學金。

我是上帝的寵兒，在有善良和仁慈之心的社會人士、團體的幫助下，在基督教會的會友們的鼓勵和鞭策下，我才能夠重新地振作起來，勇敢地活下去。我刻在記憶中的過去，使我暗自下定決心，追隨爸爸——我心目中的英雄——的步伐。我要好好學習，遲早有一天去英國，去尋找爸爸在我心目中的英魂。我祈禱，自己的這的願望終於有朝一日能夠實現。我把在週末打工賺來的錢全部積攢了起來，一心要踏上爸爸沒有走完的路程，弄明白爸爸生前在英國的生活和工作的情況。

踏上鬼島

二〇〇七年的春天，我以普通留學生的身分，踏上了爸爸倒下去的路。我要尋找爸爸生前在英國是如何過活，又為何冤死在六千里之外的異國他鄉之真相。在爸爸出事後的日子裡，英國警局蘭卡斯特分局的中文翻譯官、女警官經常給媽媽和我打來電話，通知媽媽和我有關爸爸的遺體返回老家的工作與安排，那位中年的女警官還親自來到我們的村上，給了媽媽和我很多的支持與安慰。我早就想好了，等我一到了英國，首先就要按照女警官留下的她名片上的地址，去拜訪這位對我來說既陌生又很「親近」的女警官。就在那個夏天的暑假裡，當我周折往返終於找到了那位好心的女警官時，她已經從英國的警察隊伍裡退伍返鄉了。

這位退伍的女警官，十分熱情、友好地請我在她的鄉村家裡喝下午茶。她告訴我，由於英國新上任工黨首領跟政府實行經濟壓縮，許多警署都不得不執行裁員政策，她是自願退伍還鄉的，她還拿到了養老金。這樣她就有了更多的時間做她自己想要做的事情，她最愜意的工作就是保護英國野生的動物，更確切地說是保護野生鳥類的志願者工作。以前她就對周圍和野外的對各種鳥類都有興趣，但是由於工作緊張，從來都沒有時間全心全意地觀察鳥類的品種、鳥類的生活習慣和為保護各種鳥類的生存做些有益的工作，自從退伍以後，她每天都跟許多對鳥兒有興趣的愛好者們在一起，觀察鳥的種類和鳥的生活條件，還到野外山林裡去尋找稀有的英國鷹類和其他鳥類，她覺得退伍之後的生活很有情趣。

我告訴她，媽媽已經不在了，我自己在香港的孤兒院裡完成了中學的學習任務，又向她講清楚自己來英國和找到她的目的，希望她能夠給我一些實用的幫助。她聽到我成了孤兒以後，馬上把我擁入她溫暖的懷抱中，含著眼淚，就像自己的母親一樣撫摸著我的頭，告訴我，她願意幫助我完成我要做的事。我第一次見到她的時候，就知道這位英國的女警官有著一顆仁愛的同情心。現在儘管她退役了，這一顆溫暖的心依然沒有改變，她表示願意盡力幫助我實現願望。從那位退伍的女警官那裡我瞭解到，英國政府的法律規定，根據《自由情報法案》，任何一個人都有權利查看警方收存的對某一案件的整個調查過程的詳細文件紀錄、記載和與其有關的全部文史資料。她誠懇地告訴了我，按照英國政府和蘭卡斯特警署的規矩，我要完成自己的夙願，應該從哪裡著手做起。就是這樣，我在這位好心的英國女警官的指導下，開始了尋找父親生前在英國的生活和工作的情況。

我在這位女警官家裡住了將近一個星期，她詳細給我介紹了她得知的有關父親出事前後的情況，還提醒我要關心自己周圍的新聞時事，這能幫助我迅速地瞭解英國社會狀況和跟各方面的人員交流。當女警官去廚房準備飯菜的時候，她不是把幾份英文報刊留在桌子上讓我閱讀，就是有意地把電視機打開，要我瞭解英國的事實新聞。閱讀當地報紙可以提高我的閱讀能力和閱讀的速度；收聽新聞是幫助我盡快掌握英國人說話的習慣和明白周圍發生了什麼事情的最好途徑。其實，我剛一踏上英格蘭的島上，就注意識到要留心收看每天電視和報紙上報導的新聞時事。

在開始的前幾天裡，英國的所有報紙、電視、電臺上都共同關注和報導的新聞是：在英國求學的波蘭女學生，安潔琳卡・柯盧卡被謀殺後，屍體被藏在了教堂懺悔室的地板底下；以及英國愛丁堡法庭對謀殺嫌疑犯，由米尼斯庭長連續幾次開庭審理的實況報導。這幾天又有報紙的頭版頭條報導：在曼徹斯特的一個黑人家裡，十六歲的哥哥，在單身母親的媽媽去倫敦參加朋友葬禮的那天，開槍打死了自己十四歲的妹妹。母親回到家裡以後，發現自己不但失去了被鄰里稱為「總在圖書館裡學習，非常聰明的」女兒，兒子也被警察以蓄意謀殺罪逮捕入獄，那個黑人母親又成了單身女人的悲慘結局。流覽桌子上的報紙，聆聽電視機裡的新聞，給我對英國的第一感覺就是：這裡可真是鄉親們講的「鬼島」，到處都有「冤魂」。

在女警官家裡住了幾天以後，她開車把我送到了預備要去的那所學校，她臨走時囑咐我，要把她是為好朋友，有事可以找她幫忙，她會盡力去做。我誠懇地感謝了她的友情和幫助，就跟她說了再見。以後，我就開始了自己的工作和生活。我是按照送我父親去死的穆偉德當年以學生身分來英國的做法，同樣在英國倫敦郊外的一所私利文學語言學院註了冊、交了學費。我非常清楚，儘管自己在香港學習的這幾年裡，一直用英文與人交流，但是畢竟從沒有過在英國生活和使用英文的經驗，為了把父親到英國以後的事情瞭解清楚，我必須在盡快弄通英文。只有打破語言的障礙，才能真正地瞭解英國的社會情況和許多事情的內幕。正如女警官囑咐的：有了語言，才可以充分自由地使用英國社會上和學校裡提供的各類工具，如圖書館、資料室、閱覽室、電腦等一切有助於我展開調查工作的設備和工具。我要一邊學習語言，一邊完成我給自己設定的尋找爸爸生前的蹤影和他死去的真正原因的任務。我知道自己要完成這個任務不會是一帆風順的，我需要查閱許多資料，需要採訪許多有關人士，同時還要有勇氣承擔住各種感情上的打擊。有了女警官的支持和幫助，我的信心也就更堅定了許多。

入學以後不久，我的語言學習和調查工作全都有所進展。我首先瞭解到在二〇〇〇年以前，偷渡來英國的中國福建省的華工們，他們需要付給負責從福建偷渡到英國境內的組織者們一筆鉅款；組織者負責華工能夠從福建省順利躲避掉中國的海關邊檢的監視，逃出國境；再跟著海上運輸貨櫃的海船到達歐洲大陸。負責在歐洲大陸上接應的組織者，把華工們偷運到歐洲大陸上的某一個國家，然後在那個國家裡等待有去英國送貨的長途貨櫃運輸車。華工們分別被放進不同的二十英尺大的大型貨櫃裡，與貨物一起被放到長途貨櫃車上，跟著貨櫃運輸車通過歐洲大陸，經過長途顛簸以後，長途運輸車開到跨英吉利海峽的海船上，到達英國的海港以後，長途運輸汽車再開出海船，最後，將藏在貨櫃內部的華工們與貨物一起帶到了英國。其實，這個將華工偷運到英國的工程並不簡單，也不容易。各路的組織者們必須事先安排好，裝有華工的長途貨櫃運輸車，可以在哪個守衛比較寬鬆的關口通過，而有時則需要賄賂關口的守衛，以便達到「免檢」和「過關」的目的。這有精心的策劃，並保證運輸車能夠按計劃通過，才能保證把偷渡的華工，萬無一失地運送到英國，這個最終的目的地。有時運送華工的長途貨櫃汽車，由於要等待某一個當地負責人找到他可以賄賂的那個地方關卡的守關員上崗，憋在貨櫃裡的華工們，就不得不長期被迫停留在關卡之外來等待，以確保整個的偷渡行動能夠順利成功地進行。這就是為了什麼爸爸離家以後，用了長達九個多月的時間，最後才安全到達英國的土地上。在那漫長的九個月裡，我可以想像得到爸爸和他們一行二十多人，所經過的磨難和煎熬，加上通過關卡時的提心吊膽與通過一個又一個關卡時的解脫。據說這個「偷渡」途徑一直好用，每週都有從世界各地，當然也包括華人在內的一千五百餘人，全能夠十分順利地非法進入到英國的國土上。

直到二〇〇〇年春天，一組由六十人組成的華人勞工團，從中國福建省出發以後，順利躲避掉了中國海關邊檢人員的監督，經過了漫長的海上長途偷渡後，抵達歐洲時，多數華人因為暈船和緊張，都已經累得精疲力竭了。加上當時正好是六月裡的盛夏季節，天氣熱得要命，當地負責偷運的人員，安排了這批華人要立即一起進入到一部密封的運送番茄的貨櫃車裡，這是一部長途運輸蔬菜的密封貨櫃車。這部藏有六十名健壯的青年男女華工的密封貨櫃車上，裡面還有好幾箱熟透了的番茄。六十名華工和許多的番茄箱一起，被裝進了這部密封的貨櫃車上，由一位荷蘭籍司機駕駛卡車，從歐洲大陸的荷蘭通過荷蘭的出境邊檢，跨越比利時等其他歐洲國家，在陸地上顛簸地行駛了六個小時之後，又上了海船跨過英吉利海峽。卡車就要從海船上開下來，進入到英國的都瓦海港的港口時，司機從卡車的駕駛座上跳了下來，他伸展著自己已經快要麻木了的四肢，嘴裡還吹著口哨、哼著流行歌曲，到關卡樓前辦理好了卡車入關的手續以後，他就又跳上卡車的駕駛樓，把卡車開進了英國境內的土地上。司機找到了一個他認為是比較安全的地方可以停下卡車、打開車門了。當他打開密封的貨櫃車門時，司機差點被密封貨櫃內發出的味道給熏死過去。因為車內的六十位華人中，早已有五十八名男女因為窒息而死，沒有一線希望可以救活他們了。在這批六十名身強力壯的華工當中，只有兩名倖存者。就是這兩位倖存者也處於奄奄一息的極端危險狀態。幸好那位荷蘭司機馬上報警求救，這兩位倖存者才得以及時被送往附近醫院搶救，並得到了立即的給養和緊急醫護，倖免了一死。

這五十八位青壯年男女華工，活著的時候還沒能在英國的島上落腳，就慘死在密封的貨櫃車的運送途中了。從這個事實上，我不難瞭解到當初爸爸偷渡來英國時，為何用了九個月的時間，而那九個月的艱難歷程又是怎樣的煎熬與苦痛！那些死在密封貨櫃車裡的華工們的靈魂，將怎麼能夠得安息？他們的家屬又如何得到安慰？他們又怎麼能夠死而瞑目？這次五十八位華工悶死在密封貨櫃車裡的慘案事件，一時間轟動了全英國各省郡。英國華人社區和當地英國公民組織了各種悼念活動，英國新聞界也極力呼籲英國及歐洲政府，要認真記取這次慘痛的教訓，避免同類事故再次發生。為此慘案，在二○○一年的四月，英國法庭判處了當時駕駛這部運送密封番茄和華人貨櫃車的荷蘭籍卡車司機，犯有明知違法、故意犯法，故意傷天害命之罪嫌。該司機依照法律被判處監禁十四年的徒刑，並且立即執行。而在他背後的操縱者、賄賂、慫恿他如此害人的負責偷渡的組織人，卻是永遠地逃之夭夭了。

從那以後，負責偷渡的組織人雖然一樣繼續輸送福建省非法偷渡的華工到英國來工作，但是，他們也記取了血的教訓，改變了輸運的手段和路線。也就是從這次用密封貨櫃車偷運華工的慘案事件起，偷渡組織者開始了使用製作假護照、假簽證、假文件的辦法，把非法入境者從空中遣送進入到英國境內。英國報紙公開報導的新聞有：「在英國倫敦內務部的眼皮底下，英國外籍人開設有地下製造假護照和假簽證、假文件的加工廠；在英國內務部的工作人員中，也有為製造假護照、假簽證從中謀取利潤的地下違法者，他們是給組織偷渡人員通風報信的內部聯絡人。」到了二〇〇九年，希望來英國賺錢的華工，只要交足偷渡組織者提出的巨額費用，便能輕易通過英國的海關關卡，如願以償地踏上英國國土。他們一旦通過了英國的邊檢，踏入到英國的土地上，負責偷渡者們就算完成了為他們提供的非法入境的服務和任務。令我感到十分吃驚的是，我所查出的實際資料顯示，一直到二〇〇四年爸爸和其他二十三名華工死難事件發生之時，在英國逗留的非法移民竟然已經高達五十七萬人次之多。

為了弄清楚這麼一大批既不能講當地的語言，又沒有合法領取英國社會保險救濟金的權利的外國非法移民的生活處境，他們待在英國，過得究竟是怎麼樣的生活？他們求生的辦法與手段又是怎樣的？我一定把爸爸走過的路再走一遍才行。我情願鋌而走險，親身體驗爸爸當初走過的求生與賺錢的道路。我要弄明白我的父親在英國求生的路究竟是怎樣的艱辛，他為了我們全家生活得更好，所面臨的苦難和付出的真實情況。我開始利用週末的時間，在倫敦唐人街上出售大陸生產的盜版光碟和小說，貨源由一位「老鄉」提供，我只是為這位「老鄉」當看攤賣貨的馬仔。要買原版的光碟或小說，大概需要花上十幾英鎊，而在我的攤床上出售的盜版光碟、小說才只有三英鎊或五英鎊。我每賣掉一張盜版光碟或小說，就能有三十便士到五十便士的收入；我的客人多半是從老家福建省偷渡來英國工作的華人。他們不大會講英文，但是，他們能跟我講我們的共同母語——閩南話。我跟他們在一起，沒有感到任何拘謹和尷尬。

說實在的，我還非常願意並欣然得意地用家鄉閩南話與他們聊天。得知他們大都在英國的中式餐館裡打工，在成年累月如一日的日常工作中，大家都講廣東話或閩南話，根本用不到太多的英文。但是，要想在這個行業裡生存下來，就必須要明白和會說廣東話。香港人、廣東人在英國已經站穩了腳跟，他們大都是中餐館和外賣店的老闆；所以不會說廣東話的人，來到了這個圈子，肯定吃不開、站不住腳。我還瞭解到了，由於他們的餐館工作時間是從下午的三點鐘開始做準備工作，一直要做工做到晚上半夜，或者是凌晨的兩點至三點鐘，餐館裡的工作才能收工。他們喜歡在凌晨收工了以後，舒緩一下自己因長時間、高度緊張的廚房作業、從不間斷的勞累，搞得十分疲倦了的神經和身心，只能看光碟放鬆，舒緩自己的身心。此外，由於長時間的單調、沉重的廚房工作，使得他們的身心過度疲勞與被動性興奮，無法立即進入正常的休息狀態。因此，他們放工以後，不能馬上入睡，而需要有些其他的消閒活動，讓自己的身體和心理慢慢地恢復到平靜與正常的狀態。可是那時已經是凌晨，街道上的商場、影院等娛樂場所全部關門下班了，只有妓女戶、賭場和自己的家庭影院可以打發時間。妓女戶和賭場是有錢人和餐館老闆們壟斷的生意，因為他們有錢，也有權。所以，打工仔能夠享受的娛樂和消閒只能看光碟或是閱讀放鬆性或娛樂性小說罷了。

在中餐館打工的華人勞工，整日廚房裡被煙熏火燎，將成噸的白米炒成招牌飯、蛋炒飯。沉重的負債壓力、連續的體力勞動、痛苦的思鄉、孤獨之感，默默無情地折磨著每一個男女的身心。他們如果有了錢當然也可以去賭場，可是，從遙遠的福建省鄉村，偷渡來英國島上打工的窮哥們，在千里之外的鄉下家裡，誰都有自己的老婆孩子或父母兄妹，況且還有那筆為來英國，而欠下的巨額債款。所以，窮哥兒們的解悶、娛樂生活，只有是在收工以後，遠近幾個中餐館打工的哥兒們約好，大家一起到飛機場二十四小時通宵開業的咖啡店裡相聚聊天，或是在二十四小時連續接客的高速公路加油站飯廳裡聚首。就是這種聚會，也只能是那些有了汽車和會開車的人，才可以享受得到的愉悅。多數的華工們就總是待在宿舍裡，看從「老家」來的光碟片子，看到早晨七、八點鐘的時候，才會覺得夠勁兒了、看累了，然後才上床睡覺。他們之中多半的人都能夠睡到中午或下午才起床。然後，在下午三點鐘，又重新開始了去餐館廚房做「苦力」的一天了。就是這樣，他們一週要做上七天的工作。每天做至少十個小時，週末的星期五、星期六還要做到十四或十五個小時的廚房工作。有了這樣一份工作的人，還算得上是有了著落的「幸運者」。因為，他們畢竟是兩手空空地來到了英國，而能在華人的圈子裡幸運地獲得一份有吃、有住和有工作收入的保障。

這些幸運者是一大批華人，他們在中餐館裡後面的廚房內成年累月地被煙熏火燎、出苦力，可是因為沒有工作證，即使是給自己的講廣東話的中國人老闆打工，老闆也會想方設法剝削，而僅付給他們低於英國法律規定的每小時最低限額的工資。（英國法律規定，雇主每小時最低要付給工人的工資是五英鎊五十便士，並且不得聘用無工作證的非法移民。如果被政府查出雇主聘用了無工作證的非法移民，該雇主須罰款五百英鎊。但是在英國，和世界上其他各地一樣，民不舉，官不糾。幾乎所有的亞洲餐館，包括中國、印度、巴基斯坦和泰國人開的餐館，誰家都有雇用非法移民、餐館老闆的老同鄉，這些人都是餐館業的廉價勞動力，這個事實人盡皆知，更有許多非法勞工在廚房裡做長時間勞累工作的例子。）老闆自己卻安然自得，把從這些打工者身上剝削來的血汗錢，男人拿錢去玩妓女，老闆的女人或女老闆則是用大把大把的華工的血汗錢，下注在賭博場的賭桌上，或是投資在當地的房地產開發事業上。

生活最慘的算是那些從中國大陸各省和我的老家福建跑出來的女孩子們，她們當中有許多人被迫要靠出賣自己的肉體來維持生計。因為她們到了英國以後，拿不到工作簽證、沒有在餐館廚房裡打工的機會，就不得不淪為妓女，成為地下生意的犧牲品，被他人當作「搖錢樹」。這些女子來到了這個社會裡沒有保護人，也沒有社會福利的保障，無能主宰自己的生活，只有聽任自己的老鄉安排生計。有些從廣東、福建農村來的哥兒們，他們雖有幸找到了在餐館廚房裡打臨時短工的活，但不久，又得在老鄉的安排下，成為英國農場季節性的勞工或是當地做食品加工業廠裡的苦力工。還有些華工，雖被錄用在英國華人開設的食品加工業的工廠裡做臨時工，但工作條件極差，工資又低，所享有的福利條件都根本未達英國政府規定的標準，況且他們的工作時間過長，身心經常受到嚴重的損傷，也沒有任何保險或補償計畫。

我從資料上查看到，二〇〇一年的夏天，在塔駄池的一家工廠裡工作的華人，由於二十四小時不停工作，工作量過大，竟然出現了工人活活累死的事件。許多華工到了英國以後，因為是新手就更難找到謀求生計的工作機會，實在找不到任何工作可以做的男女華工們，無可奈何，就不得不成了海灘上的拾貝工人。撿拾海貝的工人，不需要通曉任何語言。但是，這種工作幹起來非常辛苦、勞累，因為是在海邊撿蛤蜊，潮水湧來時，很可能發生危及生命安全的意外。撿蛤蜊的工人收入極少，沒什麼福利，生活條件非常地差。這就是初來乍到沒有英語語言基礎的華人的處境，雖然他們都是身強力壯的華人工仔，在沒有任何其他工作可做的情況下，唯一可以立即得到的工作就是在海灘上拾貝。我的父親就是在到達了英國以後，沒有即時找到合適的工作，為了能盡快賺到錢，被迫走上了這條路，跟著家鄉的夥伴一起，當起了拾貝工人。

根據英國海洋產品開發研究部門公佈的資料表示：在英國的海灘上，每年都有價值六百萬英鎊的豐富的海貝等待開採。在海貝成熟的季節裡，每噸海貝可以賣到高達兩千英鎊的好價錢。這等於是天然的露天「金礦」。在英國，許多人都喜歡吃新鮮的海貝，但願意到海邊自己動手挖蛤蜊的人少之又少。英國人就連長在自家後花園裡成熟的野生草莓，都不肯彎腰伸手摘下來，供全家人共享。英國人的習慣是寧願花錢從超市買來加工過的人工養殖的海貝或草莓，也不肯花時間和力氣，自己動手去採營養豐富的天然食品。英國人就是懶惰到了這個程度，採摘之類的力氣活，都是由外來的勞工來承做的。

更糟糕的是，英國的拾貝業是屬於「三不管的工業」，即英國政府移民局不管是誰人在挖蛤蜊，英國工業管理局也不管是誰在開採這個露天海貝「金礦」，英國安全衛生保健署只宣告哪個地區的海貝產品不合乎食用的標準，不准開採出售給英國人食用，根本對誰開採哪裡的海貝，不聞不問。就是由於英國沒有專門負責開採各個地區海貝工作的規章制度和對開採海貝工作的管理規定，拾貝工人的安全與健康、保健設施等方面實際問題和工作條件和時間等等，都沒有人聞問，更沒有人關心外來的拾貝工人的情況。所以，這便給英國的社會流氓集團一個天然的「淘金」機會。

這個海貝開採業，便一直由英國社會上的「流動勞動大軍」二流子一樣的工頭兒主管著。「流動勞動大軍」的工頭子因此大量雇用非法入境來的勞工在海灘上拾貝，而僅需付出及低廉的工資。如果拾貝工人，需要在他們提供的宿舍裡住宿和用餐，還得繳交食宿費用。就這樣，「流動勞動大軍」的工頭子，每天按五英鎊的工資付給非法勞動的工人。他們掌管著全部非法拾貝工人從海灘上挖出來的海貝，按照產品的質量做交易，每噸海貝賣出以後大約能得到八百英鎊至兩千英鎊的收入。工頭們能從非法勞工身上賺取到豐厚的剩餘利潤。在海貝豐收的季節裡，各路勞動大軍率領各自的人馬，會聚在英國中部地區的蛤蜊灣，人數最高時可以達到上萬甚至幾萬人次。這些非法勞動大軍，一起聚在蛤蜊灣的海灘上，互相爭搶地盤，爭奪挖出來的海貝。為此，在沙灘上，經常出現爭吵和打鬥事件。然而，關於事拾貝工作的這些非法勞工的安全設施，卻也無人過問。

我決心要找到穆偉德提供給我的爸爸生前住宿的地方，還要查清穆偉德跟穆小栓在利物浦的整個情況。為了達到這個目的，我透過在倫敦唐人街上賣光碟時結識的一位老鄉的幫助，使我能在利物浦的華人社區裡找到一份工作。我給了他一些錢，他為我找到了一份在華人餐館外賣店打工的差事。從他那裡我還得知，曾經在利物浦掌管華人拾海貝生意的頭子穆偉德，因為他手下許多華工在作業時溺水死亡，他早就被逮捕入獄了，而且至今尚未出獄。我相信順著這線索找下去，就能尋找到更多的真情實況。這便幫助我又邁出了在「尋魂」道路上的下一步。

穆偉德出生於一九七三年，他的老家就在我們福建省的福慶市。他的老父親已經六和老母親都已經六十多歲了。一家五口人，在福建省來說算得上是很富有的人家。穆家老夫妻倆共育有兩兒一女。他們家裡不愁吃穿，過得比小康之家還要寬裕的好日子。穆家夫婦也曾經工作得非常努力，拚命賺錢扶養三個孩子，把三個孩子都送到福建省最好的學府，受到最好的教育，還讓這三個孩子離開了福建省，一個接著一個地移民到國外去發展。

穆偉德在福建大學經濟系畢業以後，很快就通過父親的關係在福建省的福慶市一家國營家電產品公司找到了一份做財務的工作。他年輕，有文憑也有頭腦又有後臺，所以不到半年的時間，他就當上了公司的財務總監的職務。他在公司裡發展得很快，不久就主管上公司企業的全部員工的招聘錄用，以及全公司九百多名在職員工的工資分配，還有公司的各種重要工作，都由他來參與、決定。做上幾年以後，他自己有了豐腴的工資收入和穩定的工作職位。但是，他看到自己家裡的親人移民去了國外，同鄉的許多人也偷渡去了英國，大家都出國找尋發大財的途徑。他想：「我是學習經濟管理學的，又有幾年的經濟管理和員工管理的工作經驗，如果別人能在英國發財，我穆偉德也一定要比他們更有手段和頭腦，我穆偉德發的財會更大，我更有成功的把握。」他把自己的主意認真地對父親講了，他的想法得到了他父母的認同，也得到了父母的支持。

穆偉德不愧為有頭腦的經濟人，他在來到英國之前，就已經跟到英國來讀語言，畢業後留下來工作的弟弟穆小栓，取得了聯絡。他們商量要一起在英國幹一番賺錢的大事，小栓為他提供了很多參考項目，他都沒中意的。於是，他決定親自來英國走一趟，自己來尋求下手做生意的機會。他初抵英國的時候，也是找了同鄉人以瞭解他們在英國的情況。穆偉德很快就發現，組織拾貝工人拾貝，是一個不需要本錢就能獲得萬利的好生意。穆偉德與穆小栓商量好，要想在英國抓住這樣的好機會，能以無本萬利而發財致富的行業，只有做這種拾貝生意。他們倆要狼狽為奸，一起大幹一場，認準了在英國的拾貝這門好生意，穆偉德又返回福建老家，準備要正式辭掉他在福建省國營公司裡的工作。二〇〇〇年，也就是那五十八名福建人被密封的番茄貨櫃車送到英國以後，還沒有著陸，就遇難慘死的同一年，穆偉德還在原本的那家國營公司裡做會計師，他在國內聽說了那個慘案，他當時眼睛一亮，認為有那麼多人，總想偷渡去英國，他要把大批這樣剛到英國的華工組織起來幹拾貝的生意，準能發大財。

沒過多久，穆偉德就正式向自己服務的公司遞出辭呈，將銀行裡所有的錢提出，買了一張飛機票，登上了飛去英國的飛機。穆偉德胸有成竹準備要到英國大幹一場。他的弟弟在英國倫敦的西思羅飛機場接應穆偉德。兄弟倆兒一見面，小栓就告訴了穆偉德，已經為他繳好了在英國倫敦郊外的一家私立語言學院學習的學費，他本人根本不用在學院裡花時間，交錢就是為了拿到簽證和學生證。穆偉德高興地誇獎弟弟：「你是好小子！安排得不錯。」說著兩人互相用勁拍打了一下對方的右手，再緊緊地握在了一起，同時說了一聲：「讓我們共同努力，在拾貝生意上大幹一場！」穆小栓開車帶著哥哥穆偉德直奔利物浦。他們在去利物浦的高速路上，就開始了策劃要怎樣利用從福建省內鄉村和大陸各省鄉下來的大批偷渡到英國的華人勞工。穆家兄弟兩人很清楚，這些華人勞工在到達了英國以後，都沒有很好的語言基礎，而且都著急著找到一份賺錢的工作機會。他們就要抓住這個華工迫切需要有工作機會的心理，組織他們拾海貝。他們本人又都是福建人，很容易獲得同鄉人的信任，組織同鄉人來為他們拾海貝，賺同鄉人的錢，那可該是太容易的生意了。他們一致認為這是個好機會，看準了這個發大財的路子，由穆偉德和穆小栓兩人合夥，投入最少的錢來購買拾貝工人採挖海貝的工具和租賃房屋，提供給華工最簡單的食宿基地；再由剛剛下飛機的穆偉德以華工身分出現，在同鄉人中間錄用和組織福建人，立即著手開始做在英國的海灘上拾貝的生意，把拾到的海貝先賣給在英國的華人餐館，再一步一步擴大銷售途徑……。他們越談越投機，相視會心一笑：「要好好地大幹一場呀！」他倆按捺不住內心激動，開車的穆小栓差點闖過紅燈！緊急剎車，兩人在車裡都嚇了一大跳，車已經開出了黃線，不得不停在了交叉路口。

我利用學校的復活節假期，來到利物浦的一家華人餐館外賣店裡當廚房幫手。這家餐館外賣店的地理位置很好，開在市中心，也就是在利物浦大學附近。大學裡有許多從中國大陸來的留學生，他們喜歡在週末來餐館外賣店買東西吃，所以，這家店的生意在週末總是很火紅。我在這裡幹了幾個星期，與老闆和老闆娘都處得十分友好。我發現他們工作非常努力也很辛苦，他們為了逃稅，同時也為了防範被偷竊，每天晚上都把當天店裡收到的現金，藏在做飯用的烤箱裡面。老闆和老闆娘經常一起去賭場玩。我曾想，去賭場也許是他們唯一的共同嗜好，賭博也許是他們唯一的娛樂生活吧！

這家餐館外賣店還請了一位當地的金髮碧眼的美女郎在前檯接單收銀。這位美麗的金髮碧眼少女是利物浦的中學畢業生，她性情開朗，態度友好，講話的聲音又高又尖，她的笑聲又爽朗又歡快，人人都喜歡跟她聊天。週末，當我們在廚房裡像機器人一樣拚命工作時，只要聽到她像銅鈴一般悅耳的談笑聲音，大家的臉上都會不由自主綻開愉悅的笑容。但是，平日店裡的生意並不是很忙，大家在廚房裡，看著滾開的油鍋，盼望著能有一個什麼人走進來，就是無精打采地說：「給我一包薯條！」也是很好的一個打破沉默無奈的機會。如果真的沒有什麼生意，老闆娘就會按捺不住這種無聊，她準會出去找朋友玩麻將牌。老闆娘有賭博的嗜好，她總要趁機會在朋友的麻將桌子上，下個小賭，玩個痛快；那個上了年紀的老闆，則在廚房裡看看香港的畫報、雜誌或是星島報紙；我就趁機會站在廚房門口，分享前檯接單的小姐正在看的電視節目。

我們正在看五月十日電視上的新聞：英國首相東尼・布萊爾先生宣佈他要向女皇呈交辭職書，這是他執政十周年的紀念日。我們正在看得起勁，老闆把我叫進廚房裡，用他那地道的廣東話指責說：

「你是來這裡做工的夥計！我可是一個小時要付給你四鎊半的工錢！聽好了，我可不是請你來這裡看電視的！這筐馬鈴薯全部要削好皮、切成條，你還不快點幹！」

我只好滿臉堆笑賠不是說：「對不起，對不起。我現在就開始削馬鈴薯皮，馬上就開始幹活。」

接著就走到廚房另一頭的工作檯邊開始工作了。我埋首認真地削馬鈴薯皮兒，生怕一走神，把手指頭當成馬鈴薯給削了皮兒。老闆盯著我看了一會，大概他覺得看得沒有意思，就走去看電視了。我仍然在專心致志地削馬鈴薯皮兒，忽然，聽到那位接單的小姐高聲地尖叫，她那銅鈴般的叫聲之中，還參帶著驚恐與痛罵。我停下手中的活，靜聽下去，只聽到那上了年紀的老闆用蹩腳的英文不停地重複說著：「我對不起，我對不起，我對不起。你別嚷，請你別嚷，請，請你不要嚷，我給你……」我又聽到女孩大聲說：「你馬上走開，走遠點，我現在就打電話給警察！」老闆的聲音變成了央求的語氣說：「錢，這有錢，我把這些錢都給你，只要請你不要通知警察就好辦。請你不要……」

但是，小姐已經抓起了電話機，並迅速地撥通了警方的電話號碼，她用屈辱與憤怒的語氣說：「請幫助我，我在××被這裡的老闆給『佔便宜了』，請警察馬上前來救我……」

這時，老闆走進廚房裡來，我馬上低下頭來，繼續削馬鈴薯皮了，並且裝作什麼也沒有聽到的樣子。只見老闆的臉色煞白，又怕又急，不知所措。正在這時，前檯有客人在喊：「請問！請問！你們的人在哪兒？給我一包薯條！」老闆這才對我大吼大叫著說：「還不快去接單！」我抬起頭來看著那位面色如馬鈴薯乾的老闆，老闆接著繼續對我叫喊道：「我對你說了！你去前檯跟客人接單！」

我匆忙地站起身來，把兩隻手在自己的褲子上用勁地擦了又擦，再把身上的圍裙迅速地從身後面給解開，從頭上把圍裙給脫了下來，扔到了我剛才工作的馬鈴薯筐上，然後急急忙忙跑步進入了前檯。來買薯條的是一位十幾歲的青年，我很快地寫好了單子，對廚房內喊叫：「請給一包薯條！」我再往門外看去，看到了我們的那位接單小姐。這時她正站在餐館外賣店的門外邊，穿著單薄的衣服和短裙，正在雙臂交叉地緊抱著自己，在細雨中凍得直打哆嗦，好像在盼望著等待有人來搭救她一樣。

老闆在廚房內又在叫喊了：「薯條做好了！」我趕快跑進了廚房，雙手捧出來剛剛從熱油鍋裡撈出來的滾燙的薯條紙包，我滿臉帶笑把它交給了客人。客人把一英鎊的金幣和三十批的銀幣一起放在了櫃檯上，正要轉身出去，門前已經有警察的汽車停了下來。從警車上走下來一男一女兩位警官。他們與我們的接單小姐正在說著什麼，那位買了薯條的客人與他們打著招呼出去了。小姐被女警官扶著上了警車，然後這兩位警官，女前男後，走進了我們的餐館。兩位警官進來以後，看了看餐館外賣店玻璃門上，對著店的裡面掛著的「打烊」字樣的牌子，那位男警官用了他的右手的那個食指頭尖兒，輕輕一翻就把牌子給翻轉了過來，那牌子從外面看就成了「打烊」的字樣；而從店內的玻璃門上看，這牌子對在屋裡所有的人就成了「營業中」的字樣。兩位警官詼諧地一笑，交換了一下眼神，女警官抱著雙臂，男警官雙腿穩立，站成個八字，傲然地對我說：「你們的老闆這會兒在哪兒？」我膽怯地說：「大概在廚房裡吧？」女警官看了一眼正在警車裡抹眼淚的接單小姐。男警官用他那既友好又傲慢的眼神示意要我帶著他去到廚房，把老闆找出來。

老闆正在廚房裡切我削過皮兒的馬鈴薯做成薯條，男警察站在廚房的門口，不再走近一步，用冰冷的語調對他說：「你就是×先生？」老闆放下手裡的中國廚式大菜刀，對警察用蹩腳又帶著哭腔的英文和尷尬的手勢解釋著說：「我對不起，她的雙乳太大，太性感了，我禁不住她的雙乳的誘惑，忽然間我失去了理智，從她的身後，用我的雙手，就是這樣……」他比劃著繼續說：「抓抱住了她那非常可愛的大大的兩個……」男警察無動於衷，板著臉打斷了他的話，說道：「請你跟我們到警局去解釋好了，你不必做任何解釋，你說的任何話，都會用來作為呈堂證供！」女警官一直看著車上那位接單小姐，這會兒，她示意要老闆跟著她走。老闆乖乖地跟在女警官的後面出了店門。男警官看了我一眼，又微笑著看了看掛在門上的「打烊」字樣的牌子，他沒說話也沒有去翻牌兒，只是用頭和眼神來示意給我，他要出去了，就跟在了老闆的後面，朝著停在店門口的警車走去了。老闆被警察的車給帶走了。那會兒，整個餐館的外賣店裡只剩下了我這一個人，電視機仍然開著，默默無聲地播放著當天的新聞。

我沒有翻動店門前的牌子，從收銀檯的抽屜裡取出來店門的鑰匙，迅速地把外賣店的大門給鎖上了。然後，我用遙控器把電視機的音量調大，自己一個人在店的前檯裡坐下來，靜靜地看電視。電視上正在播放有關那位被暗殺的波蘭女學生，安潔琳卡．柯盧卡的兇手被抓歸案的新聞。法庭庭長米尼斯對四位涉嫌謀殺犯，在愛丁堡法庭進行開庭審問。這四位嫌疑犯中的一位，是安潔琳卡小姐住宿過的教堂裡做勤雜工的人，名叫彼得・托賓；一位是該教堂的牧師；其他兩位都是有婦之夫，其中一位還是哥拉斯格法庭的法官，名字叫麥柯・瑞南。

安潔琳卡・柯盧卡小姐是在二〇〇六年的九月底最後的那個星期日，被發現失蹤了。警方最後在她住宿的教堂懺悔室內的地板底下找到了屍體。她的屍體被發現時，已經被兇手用木棒之類的兇器給殘害得不成樣子了。當警察到處尋找安潔琳卡，還沒有發現她的屍體以前，教堂雇用的六十歲的勤雜工人彼得・托賓逃離了哥拉斯格。隨後，他就被警方從倫敦抓到，又送回到了蘇格蘭；教堂的那根特牧師，也被警方多次提審。警方從安潔琳卡小姐留下的日記和她生前朋友的口述那裡得知，安潔琳卡小姐生前與這四位嫌疑犯，都有過密切的交往且發生過性關係。新聞裡提到：警方的驗屍專家，在警察發現和控制了安潔琳卡小姐屍體的現場上，連續緊張地工作了四個多小時，才終於拿到了警方需要的第一現場指紋和DNA化驗的證據。一切都證明了兇手確實就是那位叫彼得・托賓的教堂雜工。

彼得・托賓被法庭判決有多項罪行。第一項罪行是，彼得・托賓拒絕接受法庭證實了的罪證，即彼得・托賓在謀殺安潔琳卡小姐之前，他把安潔琳卡的雙手用繩子給綁上，再把她的嘴用布給堵住，然後用膠布條給纏上，對安潔琳卡小姐施暴強姦以後，他又用木棒之類的兇器，不斷痛打傷害安潔琳卡的身體；最後他用了刀子之類的兇器，把安潔琳卡小姐給殺死。

彼得・托賓的辯護律師辯護說：「彼得・托賓在安潔琳卡被害前有與安潔琳卡的性交行為，此性交的行為，是有得到過安潔琳卡小姐本人的同意的情況下才發生的。」

第二項罪行是，彼得・托賓在作案發生以後將安潔琳卡的屍體藏在了教堂懺悔室的地板底下，自己卻從犯罪的現場逃之夭夭，是為了逃脫法庭審判，他怕法庭指責他是犯了蓄意的謀殺罪。

第三項罪行是，當警方查找失蹤的安潔琳卡時，警方曾經查問過彼得・托賓，他給了警方他的假名和偽造的出生日期及住所，以及假言託詞。而後，他逃跑到了倫敦，在倫敦他又繼續欺騙警方，用了另外的假名和假住址。

第四項罪行是，彼得・托賓曾經對安潔琳卡小姐的見證人——原來也曾經住宿過與被害者所在的同一所教堂內的女學生——進行恐嚇，違反了英國法律上寫明的英國公民維護社會和平條例，再次犯了擾亂社會治安罪。

在確鑿的罪證面前，蘇格蘭格拉斯哥法庭的法官米尼斯先生，對彼得・托賓宣佈說：「你的罪證如山，罪行令人震驚，判你入獄二十五年。」

我看到了電視機裡播放的這個公正的宣判，當時彼得・托賓在場，整個法庭審判是對廣大的英國觀眾做了現場實況直播的。我還看到了受害者的家屬們，他們特地從波蘭前來蘇格蘭法庭見證彼得・托賓被法庭判決的宣判。安潔琳卡・柯盧卡的妹妹和父親在法庭外邊，與許多的英國新聞電視記者見面時，都流著眼淚說：「感謝蘇格蘭人對此案的關心，蘇格蘭法庭終於將罪犯繩之以法。」見到此情此景，我多麼希望在莊嚴的法庭上，當法官宣判穆偉德等一夥罪犯的那一刻，我自己也是在現場！我再次暗地裡下定了決心：我一定要把爸爸為何而死的情況弄個水落石出！我內心裡對過去的記憶，強烈地促使著我一定要這樣做下去。

「砰！砰！砰！」是這家餐館外賣店的老闆娘回來了。在得知自己的老公的所作所為之後，老闆娘憤恨地罵了一句：「老東西，他自作自受！」她給了我提早一個月完工的工錢，告訴我她要把生意全部交給她的律師來打理，由律師負責安排把生意出租或出售掉，給其他的人來經營。她自己則帶上一大箱子的現金，跑去了香港的老家。

沒有多久，這家中餐館外賣店變成了西式批薩餅和薯條店，我又被新主人給雇用了。由原來在廚房的打雜工，改為騎著摩托車，滿街上送餐、送批薩餅。這也正好符合我的需要。我需要把利物浦的所有街道都搞熟，新老闆還滿大方地給我買了一個街道導航器，讓我在利物浦的大街小巷裡鑽時，不至於迷失方向。我每天騎著這輛摩托車，給白領的公司職員們、個體生意和住家百姓們登門送餐、送熱批薩餅和熱薯條。由於我天天在利物浦的大街小巷裡來回穿梭，不久，我不但熟識了自己的工作，也熟悉了利物浦華人區域的街道和一些社區裡的情況。很快，我便找到爸爸生前與七十多位拾貝工人分住過的房子所在地。那間房子就是利物浦市的浦奧鋭大街上的第305號公寓。我也找到了穆偉德與他的女朋友、幫手曹梅梅住過的獨立式房子的所在地，還有他們在利物浦市的莫斯科小巷子裡租用過的庫房等詳細情況。我知道自己需要有更大的勇氣和信心，才能有所收穫和進展。於是，我繼續研究利物浦的情況。

利物浦是一個沒落的、陳舊的英國海港和工業化完成以後，被賺了大錢的人給放棄了的城市。利物浦在大英帝國販賣奴隸到處擴張的日子裡，是英國從非洲掠入白糖、咖啡、煙草原料和橡膠等原材料的重要輸入港口城市。這些資源是從海上由非洲通過海船運到英國來的，這裡曾經是做這些產品的加工基地和轉運港口。利物浦本身也有過大工業加大工廠，但是，它的主要經濟來源還是轉運港口和往來的海船入港岸的生意。因為利物浦有方便的海上通道，它確實有過經濟繁榮昌盛的日子。從那些風華殘存的舊城及其古老建築和老運河，，多少可以想像它原來有過的輝煌歲月。而今放眼望去，卻是一大片舊工業時期遺留下來的、煙熏污染得烏黑、年失修的廢棄建築，給人一種滿目荒涼和無限的惆悵與壓抑的感覺。再加上一些遊手好閒的無業遊民在古建築上各角落隨意塗鴉，呈現在人們眼前的就是這滿目頹唐的街道與完全失去了光彩的建築樓宇。新城的建築部分，卻是到處都標誌著要把獨霸一時的利物浦足球隊捧上天去，那些視利物浦足球隊員為「齊天大聖」一般的瘋狂支持者們，用了渾身解數來裝點空間，標榜利物浦足球隊的輝煌業績，街頭巷尾到處是他們推出來的宣傳廣告和足球隊隊員的形象的巨型海報。

英國的夏天，要到了晚上的十一點鐘以後，才能算是完全黑了天；早上不到四點鐘，天就亮了。我在週末下班後的一個空閒的晚上，準備好了要去親眼看一看爸爸曾經住過的地方。在那幾天裡，我的心情很不平靜，心裡總是充滿了矛盾與悲痛。其實，我已經騎著摩托車在那個房子的附近繞過多次了，每次出去送餐，我都要跑到那個樓房的附近轉過幾個圈子。但是，從來還沒有進入到房子的內部去看個清楚。這一天，我決心一定要進去看一看。為了不驚動周圍的居民，不引起別人的注意，我把摩托車停到街上一間賣報紙和雜貨的小店前面，單身一人迅速走到了那所公寓前面。我靜下心來，看了看手錶，時間已經是晚上九點多了。我轉過身來，回頭仔細看著這個美麗整潔的街道，在陽光的餘暉照耀下，整個街道顯得非常協調與平靜。

這是一座大房子被分割成的四所公寓，公寓前面的小花園裡已經長滿了草，長得比鄰居家花園內的草坪還高出了一大節，草叢中亂長著很多開敗了的蒲公英花兒，看上去顯然已經很久沒有人住了，從窗子上還支出來了一個寫著「出售」字樣的大牌子。公寓很可能是已經被放棄了一段時間了。房子所有的窗子和門已經被誰用板條給釘上了。我來過這裡，看到過這些外面的情況，很快就想出了辦法。我悄悄地進入了長滿野花野草的後花園，這裡還有曾經被開墾出來一片菜地的痕跡，在這兒住過的人曾經耕種過好多蔬菜。我站在那裡想了一會兒，我想像著也許就是爸爸他們那幫人，曾經在這片菜園裡種過洋白菜、大蔥、洋蔥、馬鈴薯和豆角等等。現在的豆角架子早已經被風給颳得倒下了，整個菜園全都被帶刺的野花草和蒲公英給佔滿了，菜園曾有過的繁榮已經面目皆非了。我怕引起鄰居注意，沒有在菜園旁邊多做停留，就迅速地從後門鑽進了屋去，我實在希望在這裡能夠尋求到一點爸爸的感覺。

進到了房裡，這是一個很大很空的房間，再進去還有一間很小的洗手間。在那會兒，我的心情又緊張又激動，剛一進到這個屋子裡，我立刻產生了一種又悲涼又悽慘的壓抑感覺。我打了一個冷顫，定神看到眼前所見到的這個房間裡已經滿是灰塵，還帶有一股潮濕的發霉的氣味；室內的設施非常簡陋，根本沒有床，到處都是簡易的睡墊，睡墊上連床單也沒有、鬆軟的枕頭心兒沒有枕頭套子，也沒有被子；房間裡的壁紙有許多地方已經破裂了，早已開始發霉腐爛了。我極力命令自己要集中精神，想像著爸爸生活在這裡的日子，應該是怎麼個樣子。這麼多張的簡易床墊子，一定是有至少二、三十人分住過這個房間。大家都一起睡在這個房子裡，一起起床；輪流使用洗手間和共同做飯、吃飯。我的視線很快注意到了房間的一個角落，那兒有一個洗手、刷碗的池子，池子旁邊是一個電用爐灶，爐灶邊上有簡單的煮飯用具和小餐具櫃。我走過去，把餐具櫃打開，裡面有一摞子破舊的看不太出來是哪國生產的，反正是吃飯用的小型鐵製的碗和許多把竹筷子。櫃子上方是這房子的大玻璃窗，窗子的玻璃早被打破，風從木板條之間吹了進來，更覺得站在這個地方，有著無法形容的荒涼、淒慘、悲哀和苦悶的味道。

我雖然心底裡不大覺得害怕，也許是我爸爸的精神就在旁邊看著我、護著我，可是，他情願我不要在這裡久留。忽然間，我的熱血往上湧，我的感情讓我無法控制了，我不由自主地又把那小碗櫃子打開了，把剛才看到過的一個舊鐵盆、飯碗，本能似地拿了起來，又迅速地把它放進自己的背包裡。我忽然產生了一個奇怪的想法：這是拾貝羅難者留給我的，也許爸爸就用這只碗吃過飯。我覺得自己離父親和他的死難工友們很近，似乎閉上眼睛，就可以感受到他們在呼吸之中的愁思、鬱悶和無奈，也能體會到他們在這裡曾經對自己的家庭生活的美好幻想和對充滿希望的將來而付出的忍耐；我好像能夠覺察到：在我的身邊有無數雙仁愛、呼救的眼睛和無數張要對我訴說詳情的嘴，要向我講述在這裡究竟發生了什麼。我的心裡很清楚，要能瞭解到前人的生活情況和他們生前的情景，以及發生在二〇〇四年元宵節那天的整個經過的真相，我還必須付出更大的努力，我堅信自己在上帝的保護和引導下，能夠找到真正的答案。我環顧四周，重新把這個公寓又看了一遍，整理好背包，然後悄悄地從後門溜了出去。

在利物浦期間，我瞭解到了更多有關穆偉德和穆小栓的拾貝生意的情況，以及他們是怎樣喪盡天良地對待爸爸和他生前患難工友的事實。原來，穆偉德到達英國以後，馬上與穆小栓做起了狼狽為奸、招攬和組織華工拾貝的生意。這個行業在英國屬於政府管轄最鬆弛的方面，許多非法留住英國的人，都不得不靠這個苦差使賺錢，為了就是在英國賺錢活下來。穆偉德和穆小栓他們一起招收到大批非法進入到英國來尋求工作的華工，其中大部分的人，就是他們自己的老鄉福建省人，也有廣東人和大陸的北方人。他們先是組織這批人，在蘇格蘭和威爾士的海邊，做小型有組織的、試探性的挖蛤蜊的生意，等到生意越來越好他們嚐到了甜頭以後，認為這確實是個有空子可鑽、有利可圖又是無本萬利的好買賣。

不久，他們就賺到了大錢，足夠用來作為擴大生產的資本。於是穆家兄弟就又開始了招兵買馬，擴大生意。他們先拿出少許資金，購買大批拾海貝用的工具，還有工人在較深的海水裡作業時，所必須穿戴的防水工作服裝和長筒靴子；又買進了為運輸拾貝工人和海貝產品用的大卡車，同時也招來了許多新到英國的華工。但是，蘇格蘭、威爾士海灘的海貝存儲量很有限，加上蘇格蘭有自己拾海貝工人的地方性產業圈子，他們很排斥也不接受外來人到這裡拾貝，這等於到了他們自己的家門口，來搶食他們的自然海貝水產品。在外來非法移民有組織地湧入蘇格蘭海域，大量開採海貝的情況發展到了惡化的風險下，蘇格蘭人認為這種行為是對他們自己的經濟收入進行直接的破壞和掠奪，蘇格蘭漁民對此十分不滿，多次報告給當地的警局，要求警局介入，讓警察出面干涉外來非法移民，到蘇格蘭開採海貝的工作。

於是，蘇格蘭的警局在愛丁堡附近的海域內，做了幾次突擊，採取突然搜捕非法進入到英國來的外國人，截止他們在蘇格蘭開採海貝的緊急行動。第一次突擊，竟然就抓到了三十幾位非法的拾貝工人，這些人都是從福建省和中國大陸其他鄉村來的華人勞工。由於穆偉德和穆小栓都是躲在幕後的操縱者，他們都有合法的身分做保護，沒有遭到警察遣送。可是，其他那三十幾位中國人，有一多半被英國警方遣送回了中國。其實，我們的家鄉人最害怕的就是在英國被警察抓到，被警察強行送回老家。因為，被遣送回來以後，不但要賠錢、還錢，還丟了要賺錢的路子，更不用說，被遣送回鄉在鄉里的老少爺們中間，該是如何地丟面子了。說實在話，我曾想像自己的爸爸，如果是被警察遣送回來的話，那該是多好！

在蘇格蘭海域挖海貝不成，穆偉德和穆小栓兩人並沒有因為在蘇格蘭拾海貝的生意受到挫折而灰心，更沒有因為那麼多的同鄉和同胞被警察遣送回國而傷心，他們把被遣送回國華工的工具撿回來，又繼續招收其他新來英國的華工。不能在蘇格蘭的海域開採海貝，他們就掉轉了船頭，把目標駛向另一個海域。就是這樣，他們從蘇格蘭下來以後，迅速地改變了方向，帶著大批新招收到的華人勞工，徑直來到了英格蘭風景優美的中部湖區，隸屬蘭卡斯特郡內的毛蛤蜊灣海域場。這裡不但有海貝產量極為豐盛的海灘，又是英國著名的旅遊勝地，對開採海貝的人來說，這裡的毛蛤蜊灣簡直就是英國政府「三不管」的淘金礦。

毛蛤蜊灣座落在英國中部風景最別致的湖區之中。很久很久以前，這裡曾經是活火山，周圍地區自然也是火山爆發十分頻繁的地帶。現在的山巒上還留有當年火山口爆發的遺跡。由於這個原因，使得周圍的湖泊和海底的泥漿下，都蘊藏著豐富的礦物質資源，這便成了這一大片沙灘上，自然養殖海貝、與海貝繁殖最好的天然孕育場。英國的衛生保健部門，曾經因為有些海域的海水污染了海貝產品，下令關閉了許多其他地區盛產海貝的海灘，致使許多其他地區的挖貝工業，也就不得不轉移到了毛蛤蜊灣。轉移到毛蚶蜊灣來做開採貝殼業的決定，是穆偉德和穆小栓精明又勇敢的策略，到毛蚶蜊灣來發展，確實是很有利於他們的全盤設想。因為，他們的總部就設在利物浦市中心，要運載華工來湖區拾海貝，跑高速公路交通十分便利，一天就可以開車來回跑個幾趟。況且，穆偉德和穆小栓在利物浦早購買了汽車、卡車和房子呢。在利物浦他們為挖貝工人提供了最簡單的生活住宿，房子裡也配備了最起碼的食宿用具。又招募到高頭大馬的牛大成和高鐵岩充當開採隊的打手、隊長，給他們的隊伍壯膽子。他們又買了可以在泥沙灘上行駛的大吉普卡車，專門用來運載華人勞工，這支挖海貝大軍就這樣浩浩蕩蕩地與當地和其他外來的挖貝隊伍競爭和抗衡。

穆偉德自己從來沒有動手做過拾海貝的工作，他在法庭上說了真心話：他自己根本不喜歡在又冷又黑的天氣裡在海灘上工作，更不喜歡進入到冰冷的海水裡去拾海貝。所以，他從來都沒有把褲腿給弄濕過，也從來沒弄髒過他自己的手指。他和穆小栓經常用大卡車把拾貝工人送到毛蚶蜊灣，開車的路程還不到一個小時，他們把車停放在海邊岸上，工人去海灘上拾貝，他們就去海邊的酒吧消閒。等到他們認為該是收工的時候了，他們就回到海灘上，把工人給喊回來。到那會兒，工人已經把許多裝滿海貝的大麻袋，放到了車子上。他們再開著車，把工人和工人挖出的海貝，一起運回到利物浦。剛開始的時候，因為他們是外來的中國人，他們提供的產品當地人不買。有很長一段的時間，他們根本就找不到大批購買海貝產品的英國買主。穆偉德和穆小栓不得不把大批的海貝賣給二道販子。但是，穆家兄弟很快就意識到，要賺大錢，自己必須直接跟當地的英國人的買主打交道。他們終於找到了英格蘭東尼登父子水產品收購有限公司，此公司只同意以十五英鎊一大麻袋的價格收購穆家兄弟提供的海貝。穆偉德和穆小栓一合計，馬上就同意跟他們合作，為東尼登父子公司提供充足的海貝貨源。

穆偉德繼續大批招收廉價的華工加入他們的拾貝大軍，穆小栓則組織華人勞工輪班倒換著在海邊挖海貝。一個班的工人要在海水裡做九個小時挖撿貝殼的工作，大家一起挖的海貝，一麻袋由穆家兄弟付給大家五英鎊的費用；大夥分攤這五個英鎊；而他們自己從來都不動手，兩個人就有十英鎊的收入。就這樣，穆偉德和穆小栓的生意越做越大。他們在產貝旺季，能用成噸的海貝為他們換來成千上萬英鎊的鈔票，賺大錢對他們兄弟二人簡直是輕而易舉的事了。但為他們創造利潤、辛苦挖海貝的華人勞工的生活條件、工作安全、人身保險，卻越來越被他們以沒事人的態度故意忽視。

不久，穆偉德交上了個女朋友，一位大陸來英國學習財經的學生，二十歲出頭，名叫曹梅梅，英文名字叫梅（May）。梅很快就成了穆偉德的知心好友和生意上的好幫手，她掌管穆偉德的所有錢財收入，他們的大部分收入都被郵寄回中國穆偉德在福建的老家，由穆的父母收存，部分的收入也留在了英國的帳號上，供他們自己享用。穆偉德有了錢，就喜歡去賭博，賭博是他們的愛好和消閒；穆偉德賭博的時候，總有曹梅梅坐在他的身邊助興。曹梅梅還幫助穆偉德為非法的華工偽造證件和提供各種假證件，來欺騙英國的移民局和英國地區性負責海灘挖貝人員管理機構的工作人員。穆小栓的女朋友則是一位當地的英國女孩，名叫簡艾。他們都有了自己的住房，房子裡的現代電器設備，全部是最新的名牌產品，物質生活需要的，他們是應有盡有。穆家兄弟每天開著高級跑車，出入賭場、進酒吧。兩人每天過著吃喝玩賭，荒淫揮霍的逍遙生活。我們福建省的鄉下人，本來就都是特別能忍耐和吃苦，在一起打工賺錢的工人們，大家都為有一位「老鄉」當自己拾海貝的勞工工頭而感到安慰。因為大家想到只要有工作做，可以賺點錢就很高興，因此才安分守己地為穆家兄弟賣命。可是，有誰想到，多少個像我一樣盼望著爸爸媽媽能給我們帶來更好日子的孩子們，剩下的只是破滅了的美夢。

噩夢般的經歷

——倖存者的自白

在二〇〇四年，過農曆年的日子裡，比我大九歲的阿強哥，那年正跟全家人一起，在自己的福建老家，按照傳統的習俗歡度新春佳節。但是，除了歡度一年一度的隆重節日以外，他還有一件令他更興奮激動的事兒，就是他的媽媽已經幫助他用錢鋪平了道路，用二十萬英鎊的鉅款買了去英國的通票。老人家按照他的願望，已經為他安排好過了春節，他就能去英國了。阿強在跟家裡人慶祝佳節的日子裡，不知道為了這個消息，該怎麼高興、激動，他盼望著即將啟程去英國的生活，意識到一個嶄新的世界，就要展現在他這位年輕人的面前了。

盼望出國的中國年輕人都會認為：去了英國一段時間，返鄉回來以後，不但有光宗耀祖的榮譽感，還指望能為家裡的人，賺取到將來過上好一點生活的大錢，也許還會有更大、更好的意外收穫——英國的女孩子喜歡中國的男人做丈夫，因為流浪英國的中國美男子，大都有「無毒不丈夫」的氣質和野蠻，還會做一手美味佳餚給女孩子吃呢！然而，不少與英國女孩子結婚的目的華工，他們的目的就是要得到英國國籍，國籍一到手，婚姻也就可以拜拜了。

過了二〇〇四年的大年初三，阿強就跟著一隊家鄉兄弟，從隔壁村莊出發，搭乘英國航班的飛機，直接飛到了英國。因為有同省的老鄉、朋友在英國那面接應和關照，他剛一到英國就被介紹到了穆偉德的手下，當上了拾海貝的勞工。他已經從自己的朋友們那裡知道，拾貝可以有比較好的收入，老闆還可以提供吃住。初來乍到者，誰都必須要有一段適應與瞭解英國情況的時間，拾海貝的工作，正好是剛到英國的年輕人，最需要和能做得來的工作，也是可以馬上就能有收入的臨時工作。

到了英國能立即有事做，有收入，從來就從外地來英國賺錢的人的第一個願望。許多人最開始都不得不做這種拾海貝的工作。他們可以一邊做拾海貝的活，有點及時的收入，同時，又可以眼觀六路、耳聽八方地物色收入更好的差事。阿強聽他打工的哥們講：做拾海貝的工作，不但要有強壯的身體，還要時刻防備其他拾貝工人的欺負。哥們還囑咐他說：我們中國人不大會講英文，經常會被其他移民來英國的拾貝隊的流氓給謾罵和欺負，我們最好自己做自己的事，不招惹是非，也不受其他人無緣無故的挑釁。工頭，穆偉德是不會自己出頭來保護咱們這群華人拾貝工的。穆家兄弟感興趣的就是錢，他能講英語，他有車，有拾貝工具；他有房子供拾海貝工人吃住；他能開車把拾貝工人帶到海邊拾海貝，他能把工人拾到海貝賣出去換錢，再發給工人工錢。能有這樣的工作機會就很不錯了。阿強不熟悉英國的情況，又沒有語言基礎，也就不得不接受了這個唯一的工作。

華人拾貝工都知道，他們在穆偉德的地方吃住、拿工錢，就要聽他的吩咐。他什麼時間要用汽車拉大家去海邊幹活，大家就得老老實實地聽從他的擺佈，按照他的要求去幹活，他要什麼時間把大家拉回來，大夥就跟著他回來，華人勞工沒有理由跟他爭辯、與他們較量。誰如果不接受他的管制，誰就會被趕出去，流落街頭。流落街頭的中國人，可是要被警察抓去，抓了去以後，就要被送回中國的。花了那麼多的錢才來到英國，華人勞工只能吃苦打工掙錢，沒有人希望被遣送回中國。在穆家兄弟手下當拾貝勞工，再苦再累終究可以有些收入。況且，穆家兄弟還提供吃住，天再冷，水再凍，活再苦再累，我們福建人也能咬緊牙關，堅持去海邊幹拾貝活。

二〇〇四年的二月五日，是中國的正月元宵節，也正是英國的深冬季節。與往常一樣，這天大家吃過了午飯以後，擁擠地住在穆家兄弟提供的工人宿舍裡的幾十位華工，有的聚在一起聊天，有的在給中國老家的孩子、老婆或父母、朋友們打電話，有的一邊抽煙一邊玩象棋，還有人自己玩著撲克牌。突然，門外傳來了汽車停車的聲音，大家知道有人來了。一位正在屋外講電話的女工友，害怕地跑進了公寓，她高聲警告大家：「是工頭來了！」許多人都停下了自己正在做的事兒，還有人仰著頭，往窗子外邊望。

一點都不錯，確實是穆家兄弟倆兒，又來到了他們控制的拾貝工的華人宿舍，他們要拉著所有華工去毛蛤蜊灣拾貝。穆偉德和穆小栓兩人，分別坐在兩輛大卡車裡，一等卡車司機停好車以後，兩人便從車裡跳了出來。他們宿舍門口，衝著屋裡的華工大喊，要他們全部人立即出發上車。穆家兄弟控制下的全體華人拾貝勞工，共有七十多位，其中有人低聲嘀咕：「今天是元宵節，大過節的，我們還要去挖蛤蜊。能休息一天該多好。」可是，穆偉德在大聲地催促：「走了，走了，快點上車了！全部都要去毛蛤蜊灣拾貝！你們要想在這裡繼續住下去、吃下去，還想有錢賺，就得給我裝滿兩大卡車的貨！否則就不要回到這裡來！」

大家都明白，因為是穆偉德為他們提供了吃住，還為他們安排工作賺錢，就是為了這一點，大家都非常害怕穆偉德。剛才還輕聲嘀咕要求放假的那個年長的中年男人，早就被嚇得要命，他是第一個早早地就溜上了大卡車的人。我的爸爸也跟著其他華人拾貝工一起上了卡車。還沒有半個鐘頭的工夫，兩輛大卡車就滿載著拾貝工人，一前一後開出了工人宿舍區，駛向了北去湖區的高速公路。

大家在卡車裡，有的坐著，有的站著，兩輛卡車裡的華工們，有說有笑，仍然分享著中國人在一起，像在家裡一樣過農曆年、過元宵節的歡快。那位年長的大哥仍然嘀咕著說：「今兒是元宵節，工頭也不給咱們放一天假，真他媽的沒勁兒！」大家說著、聊著、嬉笑著，有的人還開始打起了瞌睡來。這一天去毛蛤蜊灣的路好像那麼漫長，車開得又是那麼樣慢。

好像過了很久，卡車忽然放慢了速度，並開向了高速公路邊上的暫時停車道上。慢慢地，卡車在高速路邊上的黃線內終於停了下來。接著，司機跳下了卡車，把卡車的前車蓋給打開了，他左查看，右敲打，收拾了好半天，又爬上駕駛樓，還是沒有能夠把卡車重新啟動起來。這時，司機又下來了，他來到了卡車後面，高聲對大家說：「車拋錨了，走不動了！」那位年長些的大哥，臉上帶著微笑暗自叫好。但是，也有人真的著急了，一位叫阿玲兒的姑娘對大家說：「我的男朋友在另外的那輛車上，我給他打電話，讓他們的車開回來接我們。」說著，把手機拿了出來，給她的另一半撥打了電話。不一會，那輛卡車還真的就開回來了，並停下來幫助拋錨的卡車，我的爸爸就坐在這輛開回來的卡車上。

兩位卡車的司機，站在高速公路的道邊兒上，一起商量了好大一會兒，他們再次查看那輛拋錨的卡車，一起動手修了一會兒拋錨的卡車，但還是沒有修好。最後，由坐在駕駛樓裡等著的穆偉德工頭決定：一輛卡車去海邊幹活，另一輛卡車返回住地利物浦的修車站去修車。

阿強和幾位小夥子從拋錨的卡車上跳了下來，再跳上另外的那輛有我爸爸坐著的卡車；那位打電話的姑娘要去找她的男友，可是，在她旁邊坐著的那位一直嘀咕不休的年長些的男人說：「那車已經夠滿的了，你就不要去了。跟我們返回利物浦吧。」那位好心打了電話，名字叫阿玲兒的姑娘一想也有道理，就聽了那位年長朋友的話，雖然起身還是又坐了下來。她萬萬沒有想到，自己聽了那位年長朋友的勸告，那個晚上竟然免於了一死；而她的心上人，卻永遠無法回到她自己的身邊來了。

不一會，我爸爸坐的那輛卡車又繼續往前開，很快就跑上了高速公路，車上一共有三十多人；另外，那輛幸運地拋了錨的卡車司機，打電話給高速公路修車公司的搶修隊要求他們來幫助，不一會搶修隊的車來了，把拋錨的卡車拖回利物浦。在那時，誰也沒有料想到，在那輛返回的卡車裡坐著的四十來人，都是免遭噩運的幸運者。

阿強是初來乍到做拾貝工作的新華工，他對在海邊拾貝這行業還沒有完全熟悉。但是他有一位比他大了十幾歲的老同鄉，名字叫武小兵，來到英國的時間已經有好多年了。小兵在阿強加入了拾貝隊伍以後，像他的大哥哥一樣，處處幫助阿強熟悉各種環境，十分關心體貼阿強的生活和情緒，他們倆兒很快就成了知心好友，患難與共的鐵哥兒們。阿強在卡車上一直跟武小兵有說有笑地聊天，不到一個小時的工夫，卡車已經到達了毛蛤蜊灣。

毛蛤蜊灣非常美麗，海灣底下蘊藏著十分豐富的海貝，據統計每噸沙土中至少有兩萬八千五百顆豐滿的海貝；以平均每噸一千英鎊來計算，這裡的海貝年產量可以達到六百萬英鎊的高產紀錄。這個海灘一直由英國自由勞工者流動大軍和流動勞動隊的流氓頭子給控制著。隨著英國海貝出產工業收入的逐年增加，海貝出口到歐洲的要求量也逐年加大。尤其是在耶誕節、復活節期間，法國、西班牙、荷蘭等歐洲國家都要從英國買入大量海貝產品，其中大多數都是從毛蛤蜊灣開採出來的。

這些海貝產品，一旦被開採、由水產公司收購再運送到歐洲以後，成噸的新鮮海貝，不但是餐館裡和家庭餐桌上的美味佳餚，到了西班牙和荷蘭之後，還可以被加工成罐頭產品。在這個豐收季節裡，來到毛蛤蜊灣開採海貝的各路拾貝大軍，最多每天可有上千人。浩浩蕩蕩的各種膚色的勞動大軍，每天從早到晚，只要是在落潮的時間之內，海灘上總是有人，全神貫注地貓著腰、低著頭用工具找挖海貝，或艱辛地扛著裝滿海貝的麻袋，一步一個腳印地往沙灘的盡頭走去。

在二〇〇一年初，英國的食品標準管理局就頒佈了「禁止食用英格蘭愛塞格斯島上和南威爾士地區海域的海貝」通令。通令詳細地解釋說：「這兩個海灘上的海產品，都有被污水污染了的現象，有毒或有害的海貝產品，絕對不能食用。所以，通令嚴禁任何人，在這兩個海灘及海域內開發貝類和海類產品。」由於這個通告，以上兩個海灘被禁止開採海貝了，這就迫使所有的海貝開採業都集中到了這個毛蛤蜊灣。也是由於這個原因，海貝的收購價格，也就再次上漲了一倍。

在英國，多數的本土英國人曾經非常喜歡海鮮產品，特別是在英國海邊地區，新鮮的貝殼類食品曾經是人們的美味佳餚，也是餐館裡賣最好的商品。英國人曾經廣泛地用貝殼的鮮肉，來煮湯、做餅，也用在與豬肉一起來煎炸食用。但是，在上個世紀中期，由於海水受到嚴重污染，許多人因為食用了受污染的海鮮後而出現了的中毒乃以至於死亡之類的嚴重事件。所以，現在的英國人購買海鮮時都非常謹慎小心，生怕自己誤食受污染的海鮮而中毒。如果是從餐館、超市上買來的海鮮，吃了以後出現中毒現象，就可以控訴餐館、超市，要求賠償；但如果是自己從海灘上撿來吃了中毒，當然就無法控訴和得到賠償了。所以，英國人非常慎重、小心食用英國海域的海鮮。由於這個原因，現在的英國本土人對食用海、貝類產品也就逐漸地失去了食用的信心與興趣。

這樣一來，大批大批的魚貝類海產就被運送到了歐洲，特別是西班牙。海貝被運到了西班牙之後，那裡的人們喜歡把貝肉、番茄和紅葡萄酒放在一起，做成可口的美味燉貝肉，這種做法是西班牙酒吧裡最流行也是最受人們歡迎的美味佳餚。而在葡萄牙，人們最常把蛤蜊肉與豬肉一起燉煮；義大利人喜歡把蛤蜊肉和其他海產一起做成海鮮醬，澆灑在義大利麵上享用；英國的魚被類海產也出口到中國、香港、臺灣和東南亞地區，那裡的人們喜歡吃熱油炒蒜蓉做成的汁，再將汁與海貝一起炒熟，或是用熱汁澆灑在海貝肉上享用；而海貝在曬乾以後，做成的海貝乾，也是亞洲人最喜愛吃的一種小食品。

我們在福建省海邊長大的人，也一樣喜歡吃海貝。挖海貝是我們從小就熟悉的活，來英國挖海貝也不算是太壞的工作。那天由於一輛卡車拋了錨，第二輛卡車不得不停車幫忙，這樣就在路上耽擱了許多的時間，卡車在下午兩點多鐘才到達毛蛤蜊灣海灘。這個時候，其他的拾貝大軍早已經開採出了好多袋的蛤蜊了。

那天穆偉德親自壓陣，因為他與利物浦海鮮產品收購站的商人，已經簽訂好了買賣蛤蜊的合同，就是說他已經把還沒有被挖出來、拾回來的五噸海貝，提前賣給了那個海產品收購公司了。這家海產收購公司，正急等著要把這批海貝出口到歐洲，轉手賣到西班牙的海產收購商人。預計這批海貝至少能給穆家兄弟帶來五千英鎊的收入，所以，他們親自壓車到海邊來坐鎮，監督拾貝工人的開採情況。

但是，穆偉德絕對不會親自下到冰冷的海水裡，用他自己的雙手跟著同省的老鄉們一起挖海貝的。他在金錢的驅動下，把我的爸爸、阿強哥和武小兵等三十多名拾貝華工帶到了毛蛤蜊灣以後，就對拾貝隊長高鐵岩和牛大成說：「我們的卡車今天就只能停在這裡了，沙子太軟，沒有辦法繼續開下去。今兒晚上的工作，由你們哥倆兒在沙灘上負責了，趁著天亮要多拉回幾袋子的貨！把在路上耽誤的時間給補回來。」他們講話的時候，拾貝華工們已經下了車，並開始穿上防水服裝。說也巧了，隨此車帶來的防水服裝只夠給二十幾名工人穿用，剩下的十幾個人，只有等著那些穿上防水服的工人們幹累了，回來休息時，再由他們來替換。

那天的天氣可真是遭透了，又冷又陰濕，還颳著刺骨的寒風。越接近到水邊，越感覺到渾身在寒冷地打哆嗦。二十幾位身體健壯的青壯年男女華工，穿戴好了深綠色的防水服裝、水靴，他們的頭上，都戴著像是採礦工人那種電池頭盔上用的照明燈，只是拾貝工人沒有頭盔，只有佩戴著用膠皮帶緊箍在頭上的照明燈。他們每個的手裡或肩上都握著扛著耙子或鐵鍬，還有幾個年輕人拖著個小木筏船，木筏船上有許多空麻袋，吃力地、一步一個深腳窩地，行走在鬆軟的沙灘泥漿上。

寒風繼續刺骨地吹著，沙灘上的拾貝工個個冷得全身發顫。穆偉德站在卡車旁邊，望著迎著冷風吃力地走遠了的拾貝工人，拚命大聲叫喊著：「快點！快點走了！你們要把失掉的時間搶回來！」聽到了喊聲，大家加快了艱難的腳步，他們在沙灘泥漿中留下的腳印也就越來越深。二十幾位工友中，誰也沒有意識到那會兒的天氣正在蘊釀著厄運，就要奪走他們的生命。他們仍然加快腳步，跟往常一樣，低著頭，不情願地開始向海灘深處、埋藏著豐富海貝的地帶走去。他們只知道自己將要在這冰冷苦澀的海水裡，做上將近二十個小時的拾貝工作；他們一個班要做上九個小時，採挖出來的海貝，全部都歸穆偉德所有，而他只付給工人每人一班九小時一英鎊的工資。二十個小時之間，他們可以在卡車裡，脫掉防水服裝和水靴子，披上棉線織成的毯子，稍微休息一會兒或閉上眼睛打個盹。

我的爸爸，和他的二十幾位工友，大約在鬆軟的沙灘上走了一個多小時。這裡確實是卡車無法到達的地方，因為腳下的沙子太鬆軟，連人走在上面都非常辛苦，踩下去的腳剛抬起來，還沒有來得及成為腳印，就馬上被流動的軟沙子給埋滿了。最後，他們終於來到了一個像似大墳墓的沙包上，在沙包的邊上，樹立著一張警告牌子，上面用英文寫著：「危險！」、「迅猛的漲潮區域！」和「流沙區域！」的英文警告字樣。

但是，大家誰也不懂英文，誰也沒有理會這些牌子，更沒有仔細考慮牌子上的警告內容。他們太相信穆偉德了！他們相信只要用自己的勞動來賺錢，穆偉德是不會讓他們去送死的。一路上，只有他們一行人，在這個時間還是在往海灘的深處行走。他們迎頭所碰到的人們，全都是在盡快地往岸邊上走，都是已經收工回來的拾貝工人。今天，這裡和往日不一樣，幾乎完全見不到其他拾貝工作隊的影子，只有三五個往岸上回返的拾貝工人，他們大都是當地的英國白人漁民。

有幾位好心的漁民，還特意一邊迎面走近這些華工，一邊用英語大聲警告華工們說：「看看時間和天氣！你們再往前走，就一定有危險了！」一邊用手指指天，再用手指指他們戴著的手錶和警告牌子。漁民們用手勢和警告的語氣來提示華工，一定不要繼續往深海灘走下去了，再走下去，就會有危險了！可是，華工們完全沒有明白好心漁民的意思。他們跟好心的漁民們點頭打招呼以後，繼續往前走。漁民們也繼續往岸邊走去。

多麼令人遺憾，這些華人拾貝工人們，全都不大懂英語，他們與好心警告自己的漁民們擦肩而過，沒有理會也沒有明白，更沒有想到那幾位漁民們警告的意思，就是為了救他們的性命。

這是因為，當地的白人漁民，對外來的開採海貝的華人，或其他國籍的拾貝工人，有時候確實很粗暴無禮，不同的拾貝幫派，曾經有過多次搶佔地盤和發生打鬥的情形。就在前一天還曾經出現過不愉快的事情。當地的白人漁民，憤怒地把一桶汽油，澆灑在外來拾貝工人撿拾的幾麻袋的蛤蜊堆上。一把火，就燒掉了許多裝滿蛤蜊的麻袋事件。外來的拾貝工人，盡量不跟當地的白人漁民發生爭吵，對他們總是敬讓幾分。

從中國來的拾貝工人，也明白這個規矩，也是能忍則忍，從不對當地的漁民主動發出挑釁，也不輕易理睬他們。所以當好心的漁民警告他們的時候，華工們就根本沒有理睬那些白人的漁民在說什麼。當爸爸和其他華工到達挖貝的場地時，已經是下午四點多鐘了，當他們幹到了下午七點多鐘的時候，正是這些工人工作得最緊張也是最出活的時候。

他們幹到了七點半的時候，天氣還算好，天上有明亮的滿月，月兒又高又亮，又冷又陰險，掛在既神秘又空曠的大海上空，靜靜地俯望著只顧彎腰挖蛤蜊的華工。就是在這農曆正月十五的晚上，一輪明月，在只顧埋頭挖貝工人的頭頂上發出冰冷、無情的光華。那冰冷瑟瑟的月光，披灑在穿著單薄衣裳、手持耙子、弓彎著腰，專心致志、辛苦地剷挖著埋藏在沙子裡的海貝的勞工背上。時而有風從西南邊微微地吹過來，輕輕地吹拂著疲憊了的人的面孔和頭髮。但是，大家仍然沒有理會到天氣就要發生惡劣的變化，還是一個勁地努力找挖海貝。

到了晚上八點鐘的時候，華工們雖然沒有覺察到天黑和升級的冷風，就是挖海貝的最大障礙，也是惡劣天氣即將來臨的不祥預兆。其實，他們之中有許多人已經習慣了在惡劣的條件下繼續工作，所以就根本沒有理會周圍環境和氣候的變化，大家都還是在同一塊沙灘地上，努力地找挖蛤蜊。很快又是一個鐘頭過去了。他們已經把挖出來的蛤蜊裝滿了幾個麻袋，堆放在一旁。他們一心只想著要多挖出些蛤蜊來，每個人都默默地挖掘著，連臉上冒出來的汗水也無暇停下手來擦，而是任憑著冷風把汗水吹乾。到了晚上九點鐘的時候，潮水已經把這個沙包低處的四周全部淹沒了。此時，潮水眼看著就已經要漲到了他們工作的沙包的頂上來了。

轉眼之間，嘩嘩上漲的潮水，一下子就沖到了他們的膝蓋底下。沒過多一會兒，海水就淹沒了這塊沙地，他們也沒有注意到自己的膝蓋已經被海水給浸沒了，還是仍舊低著頭專心致志地工作，一心要尋找和挖出更多藏在沙泥裡的海貝。身強力壯的阿強和另外一名三十六歲的婦女，都是最近才從福建偷渡來英國不久的新人，剛加入到這個拾貝大軍，他們幹了幾個小時以後，實在不能繼續忍受又冷又濕的工作環境了。對新人來說，要在寒夜中，在冰冷的海水裡，幹這麼辛勞苦澀的挖貝工作，的確需要時間慢慢地適應和磨練。

於是，他們不得不停下來，想返回岸上去休息一下。他們兩人在細軟的沙灘上，淌著水，深一腳、淺一腳地走了一段時間，眼看就要到達穆偉德停放卡車的地方了，阿強忽然聽到自己的手機響了，他立即打開手機，電話是正在不遠處挖蛤蜊的好朋友武小兵打過來的。

武小兵用急促的語氣對阿強講：「你們剛離開，我們就被迅速湧來的潮水給困住了！你要趕快給英國急救中心打電話！要他們派人來搶救我們！」可是，剛剛才來到英國的阿強，他根本就不懂如何與英國的急救中心取得聯繫，他又不會講英文。一時間，他急得團團轉，就是不知道該怎麼樣才能給英國急救中心打緊急呼救電話。

這時，在岸邊等待做替換工的人們也跑過來說：「我們收到工友打過來的電話，說他們遇險了！要我們立即給英國警察和水上救生隊打電話，我們不知道怎麼打，我們都講不好英文！我們現在可要怎麼辦！」阿強一聽，就更著急了，他明白了自己的好朋友和工友們就在離自己不遠的地方，他要去解救自己的同胞。阿強對跟自己一同返回來的那位婦女和從岸上跑來的焦急萬分的工友們說：「兵哥也給我打來了電話，他們一定有危險了，我得要回到那邊去看看！你們都不要去，最好的辦法是能夠通知到我們的老闆！」

阿強意識到眼前危機的嚴重性，還是決定要返回去，幫助和搶救好朋友和工友們。說罷，阿強就立即轉身向自己的工友們工作的地方又跑了回去。他萬萬也沒有想到，他剛跑了沒有幾步，便被迅速沖湧過來的潮水給簇擁得跑不動了。阿強在湍急的潮水中，拚命掙扎，還是根本就站不穩腳步。但是，他的心中只有一個念頭：「我一定要救出我的好工友，起碼是要救活兵哥！」阿強乾脆向著武小兵的方向游泳過去，他勇敢地逆著潮水，拿出年輕人的力氣，舞動著雙臂朝著自己工作過的沙包游了過去。儘管他被潮水一次又一次地托起，又再摔回到岸邊的沙道上，他還是奮勇地游越過了一個沙洞通道，又衝向下一個沙洞通道。

這時，他看到了遠處同胞們頭上戴著的照明燈，一個個照明燈在洶湧的海水裡起伏搖晃，好像似一個個微弱的螢火蟲一樣在掙扎著，他的心情一下子就更加緊張了。阿強為在自己身邊不遠處掙扎的鄉親們的生命安全，感到萬分的焦慮。他已經完全把自己的生命安全置諸千里之外了，他一心一意為著這二十幾位窮哥們的性命而擔心。那會兒的時間已經是到了晚上九點十三分左右，有一位過路的人，遠遠地看到了海水中仍然有頭戴照明燈的華人拾貝工，在跟洶湧撲來的海潮搏鬥，好幾個男人還用力拖拉著裝滿了蛤蜊的大麻袋，他自言自語地大聲說了一句：「上帝救救這些可憐的華工吧！他們怎麼就不知道他們自己是在冒著什麼樣大的危險！」說著，他便馬上把自己身上帶著的手機拿出來，給當地的海上監察隊打去了緊急求救的電話。

九分鐘後，有英國軍用直升機待命，準備好了，欲來海灣救援。這時，仍然困在海灘上的二十多名華人拾貝工，到了這會兒，才開始意識到自己和工友們的生命岌岌可危。他們正被迅猛的潮水從過膝蓋開始一直淹沒到肩膀，隨時有滅頂之虞！說時遲，那時快，轉眼之間，潮水已經把這個墳墓似的大沙包，給全部淹沒了。工友們眼看著潮水就要漲到自己的嘴巴和鼻子上來了！

許多人拚命地把自己頭上的照明燈和身上的防水衣褲脫下來扔掉，想要在冰冷的海水裡游泳逃命。但是，潮水以每小時十公里的速度向上湧漲。原來沙灘的低處，現在已經成為流動的泥沙陷阱，在洶湧的潮水推動下，不停地滑動。人們的雙腳被腳下不停流動的泥沙給吞沒著，他們根本就無法站立住腳跟，只能在水裡任憑潮水激蕩，隨著浪潮被水推浮著拚命掙扎。

這個魔鬼毛蚶蜊灣裡曾經有過紀錄，在潮水高漲的惡劣天氣裡，毛蚶蜊灣的流動沙灘，方圓面積能夠達到一百二十平方公里。而且在許多暗藏的沙洞通道和陷阱裡，流沙能以每小時三十米深的速度來下漩。漆黑的夜晚和呼嘯的海浪，正嚴重地威脅著這二十幾位中華青壯年工友們的生命。面臨如此危急狀況，有人大聲喊道：「大家脫掉防水服裝，讓我們手挽著手，一同奮戰！不要放棄！」在這個死一般漆黑的夜晚，這個聲音就是救命的號令。但是他的聲音很快被咆哮的海潮給淹沒，華工們本能地互相尋找，大家盡量彼此靠攏，手挽著手做成「人牆」，與冰冷的瘋狂的怒潮搏鬥。

工友們在海潮中奮戰著，他們沒有意識到凶猛的潮水已經把沙底的暗洞陷阱給衝開了。陷阱最深達到三十米，他們越掙扎要在沙泥上站住腳，腳下的沙泥漿就越往下漩。

很快地，他們之中有許多人就被流沙陷入到了沙洞裡面，被流沙給埋沒了。況且，一但把頭上的照明燈摘下，丟在水裡，想再把它找回來根本不可能。然而，沒有了照明燈，也就不能看清楚周圍的海潮、流沙的情況，也無法讓前來營救的人看到他們在哪兒，這便使得他們的處境更加危險。

十幾位華工拚命與海潮搏鬥，奮力向穆偉德停車的岸邊游去。但是，潮水太猛太急，終於，人牆被巨大的潮水和流沙給摧毀了，大家眼睜睜地看著自己身邊的工友就要被無情的海水、流沙給吞沒了。一位身上帶了手機的華工，開始給幾千里之外的父母、兄弟姊妹和親人們打去了最後訣別的電話。好幾個工友就是在這跟海潮、流沙搏鬥的最後一刻，在大難臨頭之際，給遠在千里之外的親人送去了他們最後的聲音。杜小陽就是這位在他生命的最後一刻，迅速地先給岸上的老鄉摯友、等待做替換工的那個工友打去了電話，他要求工友給英國警察海上救生隊打電話。但是，那位工友對他說他自己不懂得怎樣撥打求救電話，也不會講英文；面對著巨大危險，杜小陽無可奈何，只有給他遠在六千里以外的妻子打去了電話說：「我和許多咱們村上的華工工友們，被一位也是咱們福建省的華人工頭帶領著，來到了英國中部的一個沙灘上挖蛤蜊，我們只管埋頭專心撿拾蛤蜊，根本就沒有想到潮水會這樣忽然就向我們張開了血口，鋪天蓋地吞噬般地湧來，我們現在都處於萬分危險的狀況之中，潮水已經湧到了我們的胸部，我就要被洶湧的浪潮給推倒，我已經被浪潮簇擁得站不住腳了，我們就要被海水給吞噬掉了。這是我們的老闆，他犯了一個小小的錯誤，他把時間給計算錯了。他早該在一個小時之前，就應該把我們都招呼回去的，可是現在太晚了！請你和父母為我祈禱求生！我就要不行了！你要照顧好我們的孩子和老人！我怕不行了……」

杜小陽的話還沒有說完，就被洶湧、咆哮、打著漩渦的海潮和流沙給吞沒掉了。其他人也在生命的最寶貴時刻裡給自己的親人，從這幾千里外的海潮流沙漩渦裡，打回去了電話，說了一聲道別。我的爸爸可能沒來及給媽媽和我打去電話，或者是他不想要跟我們說告別，我相信爸爸是愛媽媽和我的，他也熱愛生活，他沒有準備，就被洶湧的海潮、流沙給吞沒了。

後來我從英國的海上救生隊員那裡知道，在遇難的華人勞工之中，也有一位華工確實在萬分緊急的時刻，給英國的緊急搶救中心999打通了電話，也許他就是我的爸爸。爸爸希望能為大家得救，給999打去了電話，我知道爸爸可以講一點點的英文。

那時，他來英國已經有一年多了，他曾告訴過媽媽和我，他能夠講一些英文了，再繼續學習英文，就能找到有更高薪水的工作了。但是，他的英文並不是很流利，急救中心的工作人員，讓我重新聽了那天的電話錄音，是我爸爸用他那有限的英文緊急呼叫：「救命！救命！洶湧的潮水！下漩的流沙！」急救中心的工作人員提問道：「你們在哪裡，有多少人？」沒有能夠得到的回答。工作人員又對他說：「請你把電話交給會講英文的人，告訴我，你們在哪裡，有多少名罹難者？」可是工作人員解釋給我說，他們只能聽到的就是電話裡的人在拚命地喊：「救命！救命！洶湧的潮水！下漩的潮水！」和電話中傳來的嘈雜的呼喊聲、人們的求救聲、哭叫聲與潮水的嚎叫聲……，接下來就什麼也聽不到了。

急救中心的工作人員告訴我說，從那以後就沒有任何聲音了，那個人再也沒有打回去電話。我從急救中心錄製的錄音帶上聽到的聲音，可以判斷出那確實就是我爸爸的聲音。我堅信是爸爸在生命的最後一刻，想到的是請求救援，爸爸希望能夠讓他們大家都能獲救，他首先想到的就是給英國的急救中心打電話。急救中心的工作人員根據在電腦上顯示的打來電話人的所在方向，馬上判斷出是在毛蚶蝌灣挖拾海貝的工人，由於惡劣的天氣和漲潮的緣故，被潮水和沙底暗道給困住了。與此同時，還有一位英國本地人也給急救中心打來了緊急電話，報告了有人遇難的緊急情況。急救中心當機立斷，立即通知了英國海上救生隊和英國軍用直升機救生隊，要求馬上出發到毛蛤蜊灣尋找呼救的罹難者。

阿強拚著性命向眾工友們工作的方向游去。但是，海潮太猛，沙浪太大，他根本無法招架迎面而來的劈天蓋地的潮水和沙浪。他不斷地被潮水給吞下去又給吐出來，困在水中，無計可施。在洶湧怒吼的潮水裡面，人，就如一隻隻小小的蚊子，根本無法掌握自己的命運。阿強拚搏了一會兒，有些堅持不住了，就死命抱住了一塊大大的岩石。後來他才知道這是一塊著名的岩石，當地的漁民稱之為「教父的太師椅」。但是，潮水還是不停地湧過來推打著他。潮水沖到了岩石上，再咆哮著翻打過去，把岩石也給淹沒了。阿強死死地抱住了岩石，並努力往上昂著頭，一口一口地從嘴裡吐出撲入到嘴裡的又苦又澀的海水。阿強抱著岩石拚死往上托起自己，不讓洶湧咆哮的海水把自己從岩石上給衝開、摔掉、吞噬……

阿強這時默默地對自己不停地叮囑著：「我是虔誠的基督教徒，我要不停地祈禱，不要被潮水給吞沒掉，我在六千里之外有老母親，她花掉了那麼大筆的人民幣，還拿了她自己的房子當抵押擔保，送我來英國賺錢，現在我要是這樣被水給吞噬死掉，她老人家的淚水會流成河的。請求活基督來幫助我吧！但是，我想自己就要被淹死了。」他用盡了他自己所有的力氣抱著岩石，拚命大聲地哭喊著基督的名字，高聲地祈禱了多次，同時拚命地揮舞著手臂。就在阿強不知不覺地就要昏厥過去的時候，忽然間，他聽到了有直升機馬達發出的「噠噠噠」震耳欲聾的轟鳴聲音，又看到了在漆黑憤怒呼嘯著的大海的上空，有幾道強烈閃爍的亮光，頓時劃破了死一般漆黑的夜空，從高空逼射下來。「這一定是上帝來救命了！」這個發現，使阿強對求生的希望又重新高漲了起來，他又有了渴望活命的念頭與信心。他竭盡全力地讓自己站立到了岩石的最上面，再拚命地揮舞著兩隻手臂，忘乎所以地向天空中的直升機呼喚求救。阿強料定並堅信這就是他的祈禱，終於被上帝、活基督給答應了。英國急救中心派出的救生船和特快艇，還有英國軍方救生隊的直升機救生隊，在這惡劣的天氣裡，用對講機互相溝通、共同合作，他們很開發現了處於危急狀態拚命呼救的阿強。救命星終於到了！阿強終於得救了！

英國的軍用直升飛救生隊，與999英國緊急搶救中心的工作人員隨時保持著聯絡。當緊急搶救中心的話務員收到了那個只講了一半的緊急的求救消息電話之後，立即就通知了英國軍事防衛部的一位官員。這位官員親自來到急救控制中心，承當值班司令員的職務，親自指揮已經出發到了出事現場的直升機，投入到緊張的救援作業。

救生艇很快在海裡的岩石上看到了阿強。阿強被救生船搶救上來以後，立即被送上快艇，在醫護人員的陪伴下，被緊急護送到附近醫院，接受醫療救護。在這種情況下，英國急救控制中心的司令員需要知道有多少人困在潮水中，他用對講器要求救生人員問阿強。當救生員問阿強：「你們一起有多少人？」阿強的英文只能會說：「很多！很多！」他還用家鄉話不停地呼叫：「阿兵哥你在哪裡？阿兵哥你在哪裡？」這時，陸地上的警察車、醫護急救車尖叫著；海上的特快艦艇鳴著笛，快速地在海上查找；空中的直升機，做低空盤旋到處搜尋，也發出了震耳的轟鳴聲；剎那間，英國的陸、海、空三路並同合作，共同為尋找拾貝落水的華人而緊張地工作著。

原來，除了我的爸爸在絕望中給英國９９９緊急救護中心打了電話以外，還有那位過路的英國人也給英國急救中心打去了求救電話。那會兒，華工老闆穆偉德，正在和女朋友一起，在一家海邊遊樂場裡賭博。他們一次出牌就賭了上百英鎊。賭博，是他們監視和等待華人勞工交差那段時間的娛樂。

那一天，二〇〇四年的正月十五，老闆玩賭用的不光是英鎊，還有二十幾位中國青壯年人的生命。當他接連幾通接到了拾貝大隊長，打來的求救電話時，他在賭場的反應竟然是：「讓上帝決定你們這些人的命運吧！」

但是，他潛在的良心，還是無法讓他繼續在賭場裡靜下心來玩下去，他從女友手裡拿來跑車的鑰匙，撇下女友，自己開了跑車，徑直來到了海邊。他把跑車停在了遠離海灘的馬路上，徒步走到了咆哮的海岸上，親眼看到了憤怒的潮水捲著黃色的泥沙漿，好像是張開血盆大口的猛獸，咆哮著一浪接著一浪地吞噬、淹沒了往日靜謐的海灘。他放眼望去，想要在這翻滾的海浪裡，尋到他手下某個拾貝工友的面孔或是身影，但是，排山倒海一般的後浪，還沒等到前浪平息下來，就怒吼著劈蓋過來了。別說是二十幾位精疲力竭的華工，就算是銅牆鐵壁、千軍萬馬，也根本就無法抵擋如此這般洶湧的海潮。穆偉德面對此景，頓時出了一身的冷汗，他的心理害怕極了。他本能地向後退了幾步，伸手把褲兜裡的香煙和打火機摸了出來、點上一根香煙，狠狠地吸上幾口，又仰頭望著天空、望著他自己吐出來的煙圈。穆偉德定了定神，朝著他留下的那輛卡車走過去，看到有幾位倖存者，正躲藏在卡車裡，連嚇帶凍，不停地打著哆嗦。有幾位婦女，她們擁擠在卡車的角落裡，捂著自己的臉已經哭得泣不成聲。穆偉德站在了車門口，大聲對正在全身發抖地、用渴望求救般的眼神看著他。他威脅這些倖存的華工說：「你們不准向警方講我是你們的工頭。記住，你們只能說你們的頭兒是牛大成和高鐵岩。如果誰講了真話，等著瞧，我一定跟他們秋後算帳！」說完，穆偉德就轉身離開這些目擊災難並且被眼前的一切給嚇得失魂落魄的倖存者。

這時，穆偉德的手機已經很久都安靜無聲，不再有一個接一個地打來給他的電話了，他知道這就意味著：這批拾貝英雄已經全軍覆滅，都被海水給吞噬掉了。他朝著自己的跑車繼續走過去，再轉回頭來看一眼身後那激蕩洶湧的潮水，仍舊無情地沖刷著那個淒慘恐怖的白色海灘。他的內心深處的確是害怕極了，他非常清楚，他自己就是直接導致這些華人同胞、鄉親喪生的劊子手。他心裡很明白，他自己剛才在賭桌上玩的錢，就是用這些華工的血汗、性命換來的。他穆偉德無本萬利的拾貝業的利潤，與自己手下工人所付出的如此代價，逼迫他必須面對這個悲慘的現實。穆偉德不願意接受這個事實，他再次對他自己說：「讓上帝決定他們這些人的命運吧！」

儘管穆偉德不停地用「讓上帝決定他們這些人的命運吧！」這句話來推卸他自己的

責任，但是他內心深處的良心和仁義，還是無法否認他自己就是這次慘案的直接罪魁禍首。是他坑害了這些無辜的青壯年人的性命，而他們還是他的同鄉呢！即使這些無辜的死者家屬、老婆孩子、親戚朋友能夠原諒他穆偉德的所作所為，但他自己的良心，真的能夠逃掉自我的譴責嗎？穆偉德被強烈的自責感驅使著，他沒有去車裡，而是不停地在海灘上走來走去。最後，他走進海邊的一家酒吧，他想要給自己在六千里之外的母親打個電話，他希望能聽到媽媽那永遠慈祥、溫柔、摯愛的聲音，好能夠安慰他那顆充滿了罪惡和恐懼的心。可是，他給自己母親的電話，等了好久都沒有能被接通。穆偉德最後決定，他自己要給當地的急救中心打電話求救，但是，他的決定已經太晚了，警察已經在到處查找他的下落了。

穆偉德用了假名字和假地址，向急救中心報告，有許多中國的拾貝工人被潮水給困住了，請求緊急救助。那年，他畢竟還不到三十歲，還不是成熟的欺詐老手，做賊心虛的穆偉德，在他的電話裡，根本就無法掩飾住他那種萬分恐懼的心理和過分緊張了的神經，他哆嗦著講的華語英文，使早先收到這次災難求救報警的工作人員，發出了警惕與懷疑的問號。那位收到了穆偉德電話的急救中心工作人員，馬上意識到此報警人與這次事件有著極為重要的關係。穆偉德也許忘記了，所有打到英國的緊急求救中心的電話，全部都是被錄了音的，並能夠馬上反映在電腦上，讓工作人員知道打來電話的求救者的所在的地理方位。求救中心的工作人員，立即將這個可疑電話通知了在出事海灣附近巡邏的公路警察。其實，就在同一個時間，英國的軍用直升機，已經配合英國海上救生船和特快艇，一起出動，正在出事的現場承擔著搶險救生的打撈任務。穆偉德的行動實在是太晚了！除了阿強還活著之外，救生船找到的全部是已經被潮水沖到下游的屍體。

英國的救生船、特快艇、直升機和陸地緊急救護警車、醫療救護車組成的救生隊，在海灘上進行救生、打撈工作，一直持續了五個多小時。我後來採訪了那天駕駛「海王」直升機的救生員達仁先生，他對我說：「我們沒有發現任何呼救的人，直到凌晨的三點半鐘，我們才在毛蛤蜊灣的東部，發現並打撈到了第一具屍體，他已經被海水給沖出很遠了。」「到了凌晨時，潮水已經開始下去了，在海灘上，到處是華人拾貝勞工留下的裝滿蛤蜊的筐子、麻袋、工具和他們的屍體殘骸。許多人把衣服全部脫光，想要游水，但是，冰冷刺骨的海水，來得又快又急，人們根本沒有活命的機會。只有冰凍的屍體被洶湧無情的潮水沖到各處，其情景真是慘不忍睹。」

達仁先生還告訴我：就是這樣，在那天夜裡，救生隊已經變成了尋屍隊。救生隊員奮戰了二十幾個小時，才把十九具華工的屍體打撈、抬出了出事的海灘。在那之後的一個星期以後，又陸續發現了另外的兩具屍體，也被打撈上岸。但是，經過了這麼久，那兩具屍體已經腐爛的無法辨認了。至今為止，仍然有兩具屍體，還是沒能找得到。他繼續解釋說：以前曾經是拾貝華工競爭對手的當地白人漁民，也都自動地參加到了尋屍隊的隊伍，還有些漁民自動自發地把一束束鮮花擺放在毛蛤蜊灣的海灘上，以此來表示他們對那些遠離家鄉和親人的死者，曾經跟自己在一塊沙灘上，擦肩而過，做著同一種艱辛工作的人，致以無聲的同情和哀思。

在這次毛蛤蜊灣沙灘上遇難的一共有二十三名華人，他們之中有二十人是從福建省來的，還有人跟穆偉德是同鄉的鄉親。在這些罹難者中間，有十九人是年輕力壯的福建省青年男人，其他四名是年輕的婦女，他們的年齡都在十八歲到四十五歲之間，他們當中有些已成了家、為人父母，有些彼此是兄弟、表兄弟，也有夫妻同時罹難的。多數人來英國之前就失業了，都是為了給家裡的老婆和孩子提供更好的生活，才下了狠心，撇家離子，舉家借貸，花鉅款偷渡來英國成為苦力的鄉下人。由於事故發生以後，死者的家屬不在英國，他們的屍體被打撈上岸後就送去了醫院。很多屍體被水泡爛，根本無法辨認，只能憑靠他們家屬提供的死去親人身上帶的東西，作為辨認的依據。慘案發生以後，英國警方透過中國大使館，和駐紮在曼徹斯特總領事館裡的工作人員的協助，組織了一個由中國警醫組成的工作組，迅速趕來英國。他們在英國警察的配合下，完成了認屍和與遇難家屬聯絡的事宜。唯一能辨認屍體的依據是，死者身上戴著的手錶、項鍊、首飾、幸運物和錢包等隨身物品。例如：做妻子的憑藉結婚時送給丈夫的手錶來辨認他的遺體；因為丈夫將錶戴在手腕上直至生命的最後一刻。另外一位死者的身上，有一個紅色的吉祥避邪小包，裡頭裝著從家鄉帶來的寶貴泥土；他的家屬，就是透過這個吉祥包才辨認出他的遺體。

四十歲剛出頭的武小兵，為了給老婆孩子賺到好的生活，來到英國當了苦勞工，他的心地很善良，待人公平和善，也非常注意關心照顧年輕的同鄉、同路苦命人。阿強剛到英國不久，他們便成了十分要好的朋友。武小兵在福建省的老家，撇下了他的孤兒寡妻。可憐，他的愛妻無法承受如此晴天霹靂般的打擊，病倒在床。當英國蘭卡斯特警方到她的病榻前問候時，她堅持要親自前往英國，確認她丈夫的屍體。她還請求英國方面能允許她的親兄弟陪同前往英國，接替丈夫沒有完成的的工作，好賺錢還清丈夫的債務。還有一對恩愛夫妻，他們兩人在二〇〇四年農曆正月十五的夜晚同時被潮水吞沒遇難，他們的孤兒那一年才只有十一歲。另外失蹤的兩具華人遺體大概被埋在了沙洞的底部，至今都未能找到。

我帶著悲哀與沉重的心情，瞭解到了這個整個打撈工作的詳細情況，英國警察和救生隊的救生員們還告訴我，他們永生難忘那個拯救與打撈華人罹難者的日子。他們還陪著我，來到爸爸生前工作過的海灘，並且指給我看，一直到今天為止，仍不時有不知名的其他工隊工友，將弔念華人拾貝工的鮮花，還有表達惋惜心願的卡片，放在這片海灘上。

代價

穆偉德在毛蛤蜊灣海邊酒吧，用匿名和假地址——穆偉德自作聰明，他知道如果用他自己的手機打電話，無異是此地無銀三百兩。但是，黃雀在後，他還不曉得，警察已經在那家酒吧的外面等著抓他了——給急救中心打了電話。爾後，他就到吧檯買了一大杯啤酒，一飲而盡，極力想要給不安的神經注入鎮靜劑。一杯酒入肚後，他打足了勇氣沉著地步出了酒吧。他在離他們裝蛤蜊的卡車不遠的海灘上，看著軍用直升機緊張地低空盤旋，特快救生艇也飛快地在海上來回巡視，英國的警車、救護車也在岸邊各就各位隨時待命。

穆偉德還沒有走上幾步，就有兩位警察從他身後，一左一右把他夾在中間，要他停下來，並要求知道他是誰人？為何在這個時間、在這裡徘徊？問他是否知道華工出事了。穆偉德無法否認自己知情，但是，他告訴警察，他自己不是工頭，工頭是遇難了的牛大成和高鐵岩兩位隊長。他還編造了一個動聽的故事，告訴警察他有其他工作，事故與他根本沒有任何關係。

英國警察並非白癡，他們沒有聽信穆偉德的謊言。相反，立即給他戴上了手銬，押他去了警局。同時，穆小栓和曹梅梅也被其他的警官給抓到了，逮捕之後送到了蘭卡斯特警局，緣由就是他們對二十幾位華工溺水死難事件也負有直接責任，他們的罪名都是給主罪犯當了幫兇。二〇〇四年的二月八日，他們三人一起被蘭卡斯特的警察押送到了曼徹斯特的監獄裡，待開庭審判。在他們接受審判以前和審判期間，只有曹梅梅因罪行較輕，能夠獲准在律師出面擔保的情況下獲得保釋。曹梅梅的律師為她辯護到獄外待審的權利，直到二〇〇五年十二月，她才重新被送到了曼徹斯特的監獄。二〇〇六年的三月，他們三人一起正式被英國法院起訴，同時在獄裡正式服刑。

釀成這次慘案，除了穆家兄弟和曹梅梅以外，還有直接收購穆偉德海貝的英國水產業商人。在二〇〇四年的七月，英國利物浦的水產業商人，東尼登父子得到了英國警局的通告，他們的罪名是購買了非法移民提供的水產品、協助非法移民滯留在英國境內。他們父子均在利物浦被警方逮捕。但是，由於他們的律師要求保釋，在整個案件待審和受審期間，他們父子二人也得以免於監禁。

這是件失去了二十幾條人命的大案子，牽涉到所有罹難者的家屬、親友和社會各個層面，不查辦，天理都不能容忍。故英國警局和國家內務院法院下令，此事一定要查辦到底。

英國蘭卡斯特警局的副警長斯迪文負責逮捕跟這個案件有關的犯人，他告訴我說：「要緝捕那天晚上負責派送中國華工到毛蛤蜊灣海域場挖拾海貝探險的工頭並不難，但是，我們誰都不能低估了這個案件所涉及到的各個方面，這個案件把我們的偵查工作，帶到了世界上的各個角落。」慘案發生以後，蘭卡斯特警署立即派出了大批人馬，全面調查此案件所牽涉人事物。警察在英國的曼徹斯特區的莫西塞德居民住宅裡，搜查到大批相關資料的電腦檔案和紙本帳目資料，全部帶回分析和研究；他們還把從資料中得知的有關人員住宿的房子，仔細搜查了一番，包括追查從這些房子裡打出來的電話和手機裡的內容，以及內容裡牽扯到的參與人。

英國警察首先搜查的就是罹難者們曾經住宿過的房子，他們說華人勞工宿舍的住宿條件，就跟英國的貧民窟差不多。只是從中國來的非法華工做的是與奴隸一樣的「苦力勞動」，他們住的地方和得到的報酬也都是像「奴隸」般的待遇；跟住在貧民窟裡的英國公民相之下，華人勞工的工資收入，比英國無業遊民每個星期從政府救濟金發放所領到的四十五英鎊生活補貼還少得多。非法華人勞工的收入，平均每天只有一英鎊到個英鎊！蘭卡斯特警察在調查中發現了這些為魚貝業生產公司賺得到大量利潤、在第一線工作的非法拾貝工人，他們的實際生活與到手的收入竟然比生活在英國的貧民窟裡的英國公民的更悲慘，處境更令人吃驚！華人勞工吃苦耐勞和忍氣吞聲的能力，實在讓全世界人吃驚。

英國警察還找到了這件慘案的目擊者，他們已經受到多次恐嚇，不敢與警方合作，也不敢揭露任何有關人員的罪行。因為，他們之中大多數人也是非法移民。因此，英國警察的工作重點就只能放在從罹難者的家屬和生前的好友那邊得到確切情報。我還特地訪問了調查此案的主要負責人，英國秘密警探米克．蓋衛特先生。

米克・蓋衛特先生告訴我說：「大多數這些罹難的華人都花了很大一筆錢偷渡到了英國的境內。他們的工作條件、生活條件和工資待遇，竟然是那樣的悲慘！簡直讓人不敢相信。在我們查找到的四五處住所裡，每個的住所都住有好幾十位非法入境的華人勞工。他們打著地鋪睡覺，擠在一個個窄小的臥室裡。冬天，房子裡幾乎都是沒有任何暖氣和其他取暖設備。食物不夠且營養不足。他們去海邊拾海貝的時候，也不像當地漁民那樣，人人都裝備了全套的保安工具與設施，以用來確保勞工們在操作過程中的生命安全。他們在出發以前，也根本沒有像當地漁民那樣，認真查看當天漲退潮的時間預報。這便很清楚地知道，為什麼在這個時代、這個文明與進步的社會裡，還能釀成這樣慘案的背景。」

米克・蓋衛特還提到：「事件發生當天，其實還有另外一批華人拾貝工正向毛蛤蜊灣出發，他們到了採海貝的海灘，很多人因為擔心自己的生命危險，旋又返回了他們的駐地；另外一批人，則是被維護案發現場的警察強迫驅離走。英國的警察，在位於曼徹斯特的莫西塞德住宅區的華人勞工住房裡，搜查到許多令人心寒的證據。我們還在英國的其他華人居住地區進行了同樣的行動，我們終於掌握了許多有關的重要情況和資料，就是這些確鑿證據幫了我們一把，將主要犯人移送法庭。」

英國警察還透露，在毛蛤蜊灣附近，有組織地吸收華工做拾貝業的工頭不僅止於穆家兄弟一夥，還有許多其他的搭夥、結幫和獨立作業的工頭。他們都與安排非法入境的華人和華工有一定的聯繫，同時還有幾位是歐洲人，其中有男有女。他們一樣被英國密探跟蹤追查，懷疑他們也是從事安排華人非法入境的圈內人。英國人和歐洲人透過輸入和使用便宜的華人、華工謀取暴利的罪證，的確令人心寒。請不要忘記以往的事實，英國人和歐洲人首先開始掠奪和販賣非洲奴隸的歷史。沒想到，直至今日，中國的華工仍然「情願」遭受如此這樣的「非人」虐待。

一位在英國攻讀神學的香港朋友，開車帶著我再次到了爸爸曾像「奴隸」般賣命工作，並且為此而喪生的毛蚶蜊海灘。我想要親眼看看爸爸生前工作過的場地，那個他滿懷賺錢希望的海灣。也許我還能夠目睹，如今仍做著爸爸生前那份拾貝工作的華人，以中國留學生的身分，深入了解他們工作的真實情況。

在毛蚶蜊灣附近，至今真的仍然有許多華人勞工，他們所住的勞工宿舍，所做的挖拾海貝的工作，就和我爸爸當年一模一樣。朋友將我介紹給一位華人拾貝工的工頭，並告訴他我是留學生，想要找份季節工的差事做做，賺點錢來繳學費。那個工頭讓他手下的人帶我們去他提供的員工宿舍看看，如果同意，可以立即加入拾貝隊伍，立即有收入。這個工頭在毛蛤蜊灣附近擁有一個組合式的三層樓大房，裡面住著許多華工，其中有一名婦女，偷偷對我們說：「我是中國的名牌大學畢業生，在中國有很好的工作。只是去年公司老闆故意沒有給我晉級，我不願意忍受老闆的刁難。一氣之下，我就把父母兩人一輩子的積蓄全部拿來買了偷渡到英國的通票。」「你喜歡在這裡嗎？」我試探著問她。沒料想，她看了我一眼，眼淚就情不自禁地滾了下來。

她抹了一把眼淚繼續說道：「我是想來了英國，可以尋求到好一點的工作環境、有一位通情達理的老闆和多掙點錢的機會。誰料想到了英國之後，很難找到任何工作。我已經不知道為此哭過多少次了，眼淚都快哭乾了。因為我不想當妓女，最後，實在是沒有辦法了，只有去海邊挖蛤蜊，這總比沒有任何工作幹、沒有任何收入要好些。那年的春天，儘管有那麼多的拾貝華工被潮水給溺死的慘案，況且，那悲慘的事實就發生在我自己的朋友身上。我們的工頭老闆，當時還是強迫著要我們返回到毛蛤蜊灣沙灘上去工作。我都害怕死了，我總在默默地祈禱，不要聽到我老闆的麵包車的聲響。我們這邊的華人，都對華工的遇難事件難以忘懷，不願去想過去的那個慘案。如果誰要一提到某個罹難者的名字，我們大家都想哭，都不願再去拾貝。但是，我們必須要回到海灘上去，因為，拾貝是我們的唯一的工作。我們住在老闆提供的住房裡，我們自己繳不起房租，要不是我們給老闆拾貝，才能白住在這裡。如果，我們不去海灘拾貝，我們就沒有地方住了。如果你有好一點的機會，可千萬不要走這條危險的道路。」

這位中年大姐講得是那麼真誠、那麼令人傷心，她的眼淚，像電焊時迸出的火花，滴滴都澆鑄在了我的心上。我不知用什麼語言來安慰她，在哽咽之中，我對她說：「我能理解你的處境，因為我親愛的父親，就是被那次潮水奪走性命的許多拾貝人之一，你可要自己多保重。」我很明白就是像這位善良的良家女子，也同男人一樣，付了巨額費用，買通了非法來英國的路，一心夢想著要在英國賺大錢，掙得更好的生活。但是，到了英國以後，情況完全不是他們所希望的那樣。因為是付出了如此大的費用，空著口袋回家已經是沒有臉見人了。於是，就不得不咬著牙關幹下去，指望能夠攢些錢。我們看到，她住宿的房子裡，因為繳不起暖氣費，所以長年陰冷潮濕，牆壁到處斑駁剝落，亟待修理，地上的地毯已經磨得又破又髒，樓梯更是破舊不堪。她還告訴我，工人們根本填不飽肚子，住在輪班拾貝工的勞工宿舍裡，生活實在很慘。這裡既沒有充足的取暖設備，又沒有足夠的電器設備和食物。可以想見，這些華人過的真是饑寒交迫、生病、想家，悲慘難言的日子。誰要不去出海拾貝，就要受到工頭被遣送回老家的威脅。

這些華人工頭，不時會被當地的英國老百姓給認出來，通報給當地的警局。（自從毛蛤蜊灣事件發生之後，當地的英國居民，對無辜和貧窮的華人勞工都充滿了同情心，他們把與自己為街坊鄰居的「特別富有」的華人另眼相看，只要他們認為哪些人可能是在做偷渡非法入境的不軌生意，或是跟那種事有直接關係的人，就會立即通報給英國的警察和英國的媒體。）如果是這樣，首先，就有媒體記者找上門來，搶拍這些工頭的照片。天生的粗暴性情的工頭們，都會對此大發雷霆。有一次，一個華人工頭兒，竟像發瘋一般地把圍攻採訪他的記者的照相機搶了過來，狠狠地摔進了垃圾桶裡。當然，他們的所作所為是不能被英國的社會和公眾所接受或容忍的。

我在採訪英國蘭卡斯特警局副局長的時候，要求知道當時包括我爸爸在內的二十幾名華人遇難事件發生以後，穆偉德面對他一手負責的這次悲慘事件的反應是怎樣的？他們很坦率地告訴我，穆偉德從來就沒有承認是他自己責任上的失誤而導致了這次事故。他一直不肯承認是他的怠忽職守的管理態度，釀成了出人命的慘案，不承認他給他福建省的家鄉人帶來了巨大的犧牲和悲痛。在我的要求下，他們還為我重播了在法庭上，主審法官為審理這次慘案，給包括肇事者及其同夥和在場的全體陪審人員，播放了的那天現場搭救阿強和英國救生隊在出事現場，打撈作業時悲壯的實況錄影帶。我再次聽到了那位給急救中心打去電話的華人呼救電話的錄音，我堅信那一定就是我的爸爸的聲音；我也聽到了杜小陽叔叔對他妻子最後訣別的話：

……我和工友們被帶來沙灘上挖蛤蜊，我們埋頭專心撿拾蛤蜊，沒有注意到潮水的湧來，我們現在都處於萬分危險的狀況之中，潮水已經湧到了我們的胸部，我被洶湧的浪潮簇擁得站不住腳，我們就要被海水給吞噬掉了。這是我們的老闆，他犯了一個小小的錯誤，他把時間給計算錯了。他早該在一個小時之前，把我們都招呼回去的，現在太晚了！……，我不行了……

我不敢相信，在這鐵錚錚的證據面前，鐵石心腸的工頭還是沒有一點人情味，沒有講一句懺悔的話，沒有一點對他自己自私、貪婪的行為，而導致這麼多同胞喪生的慘案，有過自咎和道歉。這次事件，致使三十多名像我自己一樣的家鄉的兒童，成了無辜犧牲者的遺孤。穆偉德沒有流下一滴眼淚，也沒有對倖存者和亡者的家屬說過一聲「我對不起」的懺悔話語。

瞭解到此，我想，也許穆偉德唯一有過難過的時候，可能就是他在賭博桌上輸掉大筆大筆的金錢的時候！我還瞭解到，英國警察和法庭上的法官，除了從死者那裡得到的實據以外，還有從罹難者生前的十一名同事，這十一名倖存者就是那天晚上，等著要替換包括我父親在內拾貝工人回來後，可以繼續工作的替換工，他們也都是穆偉德手下的拾貝華工。他們被警方查出以後，原本應該遣返回國，因為他們都是非法入境和非法在英國生活的華人勞工。但是，由於他們是此次事件的倖存者和目擊者，英國政府准許他們在英國暫時居留，以幫助英國的法庭公正地完成對此案件的審理。曹梅梅在事發之後也被警察逮捕，在法庭開審以前，她得到庭外保釋，直到二〇〇五年底的十二月份，法庭正式宣判她入獄，她才開始服刑。入獄以前，她仍然幫助穆偉德把大筆的金錢轉移出英國，匯入他在福建老家父母親的銀行帳號上。就在同一個時間裡，包括我親愛的父親在內的二十一具屍體，卻是正在由英國警方打撈上岸，進行解剖和做ＤＮＡ驗證，並陸續地送返到了同一個目的地，罹難者的故鄉——福建省的老家。

我還見到了幫助聯絡和處理這次事件的，中國駐英大使館以及曼徹斯特的中國總領事館的工作人員，他們告訴我，在事故發生後，中國使館、領事館的工作人員，收到了英國警方請求協助的正式書面要求。在中國官方人員的幫助下，有一支由福建省警察庭組成的警察和警醫工作組，待命即發。英國警方立即給這個工作組發出了邀請信，要求他們來英協助。這支工作組一行五人，他們是由專業警察醫生、護士和三名探警組成。他們在接到了中國駐英國使館就這次事故發出的通知，和要求派人來英國，以便協助英國警方工作的要求以後，立即做了準備，幾天內就動身乘飛機到達了英國的倫敦。

在倫敦，他們由英國警方接待，聽取相關彙報，並搭乘直升機直接趕赴出事現場，並立刻投入處理善後的工作。他們與當地警官一起，全神貫注地投入了緊張的善後工作，在短短的幾週內，協助英國警方進行了辨認、解剖和確認屍體的工作。他們對每具屍體，都進行了解剖，也做了DNA分析，還有拍照和確認姓名等工作。他們五人之中的領隊，高級警官醫生，是一位經驗豐富的DNA驗證專家，在他的帶領下，全組人員積極地與蘭卡斯特警方密切合作，經過緊張奮戰，終於將打撈上岸的二十一具屍體，全部得到了確認，並在中國國內警方的配合下，盡快通知死者的家屬。

那位高級警官醫生和他的一行人員，在完成如此沉重、複雜、繁瑣的任務以後，又再次親自來到了出事的地點——毛蛤蜊灣海岸。在海灘上，為慘死在六千里之外的同鄉死者們獻上鮮花，致以深切的哀悼。在返回福建省之前，他們一行還代表了在中國的二十三位死者的家屬，去拜訪了英國海上救生隊，向參與搶險救生的志願者，表示了最誠摯的謝意，並且慷慨解囊，捐款給英國皇家國家海上救生慈善會一筆善款。在那之後，很快就有由八位英國警局的警官組成的調查隊，乘飛機到了中國的福建省和遼寧省的瀋陽郊區，他們帶著罹難者生前的隨身物品和死後的照片，同罹難者的家屬見面。目的就是要確認死者，還帶回了從英國死者身上拿到的證據，把這些證據交給了他們的家屬作為確認資料。此外，由於還有兩名華工的遺體至今仍未尋獲，英國警官這次也想從他們的家屬那裡取得這兩名失蹤者的DNA以便繼續查找。

原先從事故發生開始，就積極參與本案調查工作的英國探警湯姆森先生，因為在審問嫌疑犯的過程中，曾經使用了「CHINK」（有不尊敬中國人的意思，中國人的外號）的字眼，而被英國警查局官方給予了正式的書面處分，導致他遺憾地沒能繼續隨隊去中國，完成在中國方面的調查工作。正是在中英兩國警方的密切合作與不倦的努力之下，二十一具屍體全部經過法醫的正式解剖、化驗和處理以後，得到確認，並於二〇〇四年的十月初被送返回到了中國的福建省。罹難者的遺體終於被運送回到了我們的老家，在家鄉的故土入葬、長眠。

反應

我爸爸和其他二十幾位華人勞工出事以後，一夜之間，消息驚動了英國上下各省郡。全英國，乃至整個世界的大小報紙、電臺、電視臺都在頭版頭條中專題報導了事故發生的情況，以及英國緊急救生隊的救助與打撈的實況介紹。其中一家英國媒體報導此一慘案時，引用了英國著名畫家特納的名畫故事。十八世紀初，一艘英國的「宗」字號的大型海船，從非洲大陸向英國島上押運黑奴的途中，船在海上遇到了猛烈的颱風，船隻在風雨中搏鬥奮戰，但仍不幸在海上遇難，船毀人亡。貼切地用這幅名畫的內容和它的歷史，來對比和形容毛蛤蜊灣慘案發生時的真實情景，觸動了所有讀者的心弦。可想而知，這次華工遇難事件對整個世界的震撼力。那篇報導的標題就是：「再次發生在英國海域上的不忍卒睹的慘案。」（自十七世紀到十八世紀，英國從非洲往英國島上販運黑奴，大概一共有三萬多名黑人被迫為奴，送到了英國的島上。每艘奴隸船上都載了八百到一千名的黑奴，被押在船艙最底層。由於環境惡劣，加之長達六星期航期，許多黑奴都慘死在長途海運的途中）

為此，我曾多次來到倫敦的大英美術館裡，久佇在特納的這巨幅油畫前，想像著我父親和他的親密工友夥伴們，當時遇難時的悲慘情景，以及他們是為了求生跟兇猛的海潮、沙漿搏鬥的場面。

英國並竟是一個老牌的帝國主義思想統治、殖民主義思想意識根深蒂固的國家，在他們中間總會有極少數的一部分人，丟不掉自己的血液中、骨子裡發出來的對外來人種的歧視與厭煩，到了這種關鍵時刻，他們就更掩飾不住他們幸災樂禍的醜惡嘴臉，和他們與生來俱的那種「與己無關」的真實冷酷面孔。

這點在英國的白人保守黨女國會議員安・溫特唐身上，表現得淋漓盡致。安・溫特唐在英國的國會上，公開地討論促成這次慘案發生的緣由時，開了一個令眾人噁心的玩笑。安・溫特唐女士將其多年憋在心底裡的種族歧視，用了一個很低級趣味的玩笑故事，當著所有眾議員的面說了出來：「有兩隻鯊魚，在海洋裡遊玩，牠們倆吃厭膩了深海裡的鱒魚肉。其中一隻鯊魚對另外一隻說：『你覺得怎麼樣，樂意去毛蛤蜊灣吃頓中餐嗎？』」這種非善意的嘲笑、諷刺，竟然用在了華人悼念自己遇難同胞的這個特定時間內和特定話題之下。可見這些平日大講仁義道德、同等待遇、善良友好、國際主義精神的白人，是多麼的大相逕庭！又是多麼赤裸裸的冷血！難怪英國人自己都說：「國會裡的政治家們，多數都是大騙子！職權越大，欺騙的手腕就越高！」

安・溫特唐女士的講話在英國社會裡，尤其是在英國的華人社區裡產生了極大不滿的聲浪。為此引起了許多人的憤慨，大家紛紛打電話要求安・溫特唐為她開的不人道的玩笑而公開道歉。但是，她竟斷然拒絕了！完全不理會社會輿論，不願安撫人心。她反而指責國會裡的反對黨、工黨人士不應該把她的的玩笑公諸於眾。其實，英國國會的討論，多數都通過實況錄影轉播給所有的觀眾和聽眾。為此，英國的在野保守黨領袖麥克・哈屋德先生，為了挽救其政黨在英國社會以及政治舞臺上的名譽和地位，減小由於如此不光彩的言論，給保守黨在眾人心中帶來的反面影響，他不得不果斷做出決定，公開宣佈免除安・溫特唐女士在英國保守黨內的一切政治職務。

其實，我們每一個人都明白，在任何一個國度、任何一個民族裡，都會有人來扮演人類社會的敗類、人渣的丑角。可惜，讓我們覺得遺憾的是，在這個特別的時刻裡來扮演這種角色的人，竟然是英國大名鼎鼎的女政治家，英國保守黨的國會議員。為了進一步向英國的公眾與社會，表示保守黨對此次遇難事件的關心，保守黨領袖麥克・哈屋德先生，比當時在任的工黨政府要人還來得早，他搶先一步，親自來到了毛蛤蜊灣現場，做實地考察。成為對此事關心並且是首位到了出事現場的英國國會的政治家。麥克・哈屋德先生，在毛蛤蜊灣地區，瞭解了救難人員、走訪了附近的百姓，對此事全面關注。調查進行了三天，他一直都親自負責，甚至到現場實地勘查，責無旁貸地承擔起了對此次事件調查研究的任務。

麥克・哈屋德先生還對負責毛蛤蜊灣地區治安工作的警察進行瞭解，又專門走訪了當地的海上救生隊和居民區的領導人，親自與事件的救險隊人員、警方調查隊人員和在本地居住的市民、教會長老進行交談，並處處表現了他對此次的遇難事件的真切關心，他認為這次事件實在是一件可悲的慘案，他本人深感悲痛。

在英國社會上下輿論的壓迫下，二〇〇四年的四月，安・溫特唐女士終於讓步，她寫了一封公開信，承認她不負責任的講話出現在英國的電視臺和各個網路上，為此在華人的社區裡引起了不滿與憤怒，同時給她自己所在的保守黨也帶來了無法避免的尷尬局面。為此，她表示甚覺遺憾。公開道歉後不久，她又重新獲取了她在黨內原有的地位和職務。當然，這個世界上，大多數人還是擁有仁愛、善良和同情心的。全英國的善良人士，都為如此悲慘事件的發生而表示惋惜，為了紀念在二月五日毛蛤蜊灣拾貝遇難的二十幾名中國華工，在二〇〇四年五月九日這一天，英國各地的人民都短暫停止一切活動，默哀兩分鐘，以表示對罹難者致以誠摯的哀悼和敬慕。

在英國的許多華人協會、曼徹斯特華人佛教會，到處都有自動組織的，對在毛蛤蜊灣罹難者悼念的活動。曼徹斯特的華人佛教會還在毛蛤蜊灣的沙灘上，舉行了現場葬禮追悼儀式。這個用佛教形式來舉行的追悼儀式，由三名全身披戴著金黃色佛教袈裟的女法師領銜，十九名華人佛教徒跟在後面，在刺骨的冷風中，面對著毛蛤蜊灣的冰涼海水，擺上供桌。桌子上擺滿了罹難者生前的照片，供著新鮮的桃子、佛手果、鮮花。這是一場非常莊重而又悲壯的悼念儀式。

披戴金色袈裟的女法師，在對天上的真佛高聲背誦了佛經以後，繼續接著說：「希望真佛能夠接納這二十三位罹難者的靈魂，並讓他們的靈魂進入到天堂，得到最後的安息。」她那抑揚頓挫、充滿了情感的佛語，觸動了所有的在場圍觀者的心。在場圍觀的人越聚越多，他們當中有當地的居民、市政要員、民警、交警、記者、攝影師、旅遊者和過路人，大家全都一言不發，肅然起敬、莊嚴肅穆地站立在幽魂環繞的毛蛤蜊灣海岸上，安靜地傾聽著三位女法師，輪班背誦的祝禱詞，許多人默默地流下淚。而後，她們又輕輕地敲打起木魚和銅鈴，奏起佛教音樂，伴隨著她們的佛經唱頌，她們身後的十九名佛教徒，也不急不徐地加入進來，一起唱佛經。她們的頌聲猶如二十三位死者的冤魂繚繞，徘徊在蕭瑟的海天之間，不高不揚，不斷不絕，如泣如訴，逼人淚下，撕人心碎，悠然升天。

英國執政的工黨政府，滿口人道主義、平等待遇，如何能容忍這類慘案發生在如此文明進步的社會之中呢！我帶著這個疑問，在英國學習神學的朋友帶領下，尋求到了英國當地的教友給予的幫助。我們很快就找到了曾經負責毛蛤蜊灣地區政府工作的國會議員，史密斯女士。史密斯女士告訴我們說，在她擔當此地區政府議員的期間，收到過許許多多的英國當地居民的投訴，特別是從二〇〇一年底到二〇〇三年期間，主要是關於中國來的華人勞工在海灘上拾貝，在沒有任何工作保險設備和工作經驗下，於有充滿陷阱的毛蛤蜊灣拾海貝，危機四伏。況且開採海貝的人數越來越多，向更深海域開採的趨勢也就越大，危險也自然日漸增加。當地居民希望政府能夠未雨綢繆，防患於未然

就此事實，史密斯女士在二〇〇三年的六月出席國務會議時提出：「中國的華人勞工，來到毛蛤蜊灣拾海貝，他們用英國人每條只允許承載六位漁民的船隻，一次就裝載了二十幾位華人勞工。船隻已經嚴重超載，還執意在水急浪猛的海域內行船操作。他們之中的大多數人都不能講英語，相信這些華人勞工是被黑社會的工頭給非法控制的工人。並且，他們只能收到他們應當得到的五分之一的工資。」

她還多次提出呼籲，要求英國政府對英國黑社會控制的整個的英國拾貝業，做出明確的管理規定；加強拾海貝工人人身安全的管理與明文規定，以保障拾貝工人的福利。史密斯女士還在國會上，用強烈的措詞提出警告：如果沒有嚴厲明確的條文來約束並監管拾貝工人，上崗必須要配備安全的工作設施，並在備有安全保險的工作條件下工作，那麼，大批掌握在英國黑社會手裡的，從各國移民來的海外拾貝工人的生命財產必定堪

處，遲早會出現悲劇！

因為，只管貪婪利潤的英國黑社會幫會，他們只顧賺錢，根本不管廉價勞動力的勞動條件與工人的生命安全。英國當局當時負責國家內務部工作的是一位叫菲歐娜・麥克泰格特女士。菲歐娜卻是以內務部的人手太少，移民局根本管不了從各國偷渡來的大批非法移民，更管不了這麼多的移民，種種為藉口，一推再推地把責任推出自己的管轄範疇。

英國政府在一九九七年五月工黨上臺以後，也就是東尼・布萊爾當上英國的首相之後，在政府內部施行了大量裁員的政策。工黨認為，如果讓政府的工作人員一直工作到退休的年齡，政府就得付出大量的勞保退休金。為了避免這筆龐大的退休費用，只好把大量的低層政府在職的公務人員開除，然後把政府管轄內的若干工作，包給某些私人企業來承辦。而且，還要求全英國各行各業的在職工作者，男性要工作到七十歲到七十五歲才可以退休領取政府的退休保證金；女性則是要工作到六十五歲到七十歲才可以退休領取退休金。

工黨政府實施了這個政策以後，政府各部門裡，只能保留極少數的高層管理人員，他們職位高，薪水當然也高，而政府的實際常務工作，卻沒有人認真地來負責承擔和處理。還有就是在英國的政府裡，擔任各部部長的人選，根本就不是學有專長、實幹的人士，或是有實際經驗的出類拔萃的優秀人才；而是從其政治背景和其家庭的富有情況來決定，使其得到了那個重要的職位。例如東尼・布萊爾在當選為英國首相之前是一位律師，他上臺以後馬上調整人士安排，他所分派的政府各部門的部長，都是支持他上臺的老朋友，而非有豐富經驗的專業人士。

在二〇〇四年二月五日的華工海上溺水事件發生以後，英國的內務部部長是大衛・布蘭卡特，他為了打破英國黑社會的控制，下令將在英國第一次動用「監聽」和「錄音電話」的辦法，在法庭上起訴犯罪行為。但是，這個命令的本身就是侵犯了人權的做法，是不能得到英國法庭支持的。不久前，由於有一位在英國監獄中，打了私人電話的罪犯，他的電話被監獄管理人員給暗地裡做了監聽和錄音，犯罪者的律師代表其委託人，向法庭上訴監獄管理人員侵犯人權。法庭審判長在處理這件案子的審判過程中，強烈地批評了該監獄侵犯人權的做法，講道：「在二十一世紀的英國，出現這種侵犯人權的做法，是不能被法庭接受的。」法庭還判決該監獄對受到人權侵犯的那位犯人，給予道歉和經濟上的補償。兩相比較，更清楚地證明了英國政府和社會嚴重脫節。英國政府的重要官員與其承當的職責往往不相對稱；許多政府部門的高級官員對自己的權責盲無所知、怠忽職守，故此引發出嚴重的社會後果。二〇〇四年的十一月，內務部部長大衛・布蘭卡特，因為「桃色事件」而被迫辭去了內閣的職務，他的職位，由查爾斯・柯拉克先生接任。

在中國華工溺水事件發生之後的第三週，英國政府在全世界社會輿論的壓力下，才正式派人到了出事現場實地查看。執政官員們對於事件的處理措施，一直是「無所適從」和「沒有肯定」的處理辦法，這種漠不關心的態度實在令世人失望。這種態度無異於變相鼓勵那些從事非法輸入勞工者的不法行為，助長他們的囂張氣焰。根據英國政府掌握的消息，在二〇〇四年的中國華人勞工溺水事件發生時，前後總共有三萬到三萬五千名華人勞工，繼續被偷偷地遣送進入到了英國的疆土上。

管理毛蛤蜊灣地區的警局，曾經多次無預警地搜捕當地的拾貝人員，抓獲到許多非法從事拾貝工作的外籍人士，其中有近四十名是華人勞工。他們之中有十多人被警方扣留並強迫遣返回大陸，剩下的其他華人則自費聘請律師，申請到了在英國的難民身分。

據英國海上救生隊宣稱，在我爸爸和另外二十幾名鄉親遇難之前的僅僅三個月裡，在毛蛤蜊灣海域，已經有過十六次的緊急呼救事件；海上救生隊已經十六次緊急出動，搶救出在海灣激流中遇難的拾貝勞工多人。這些事件和令人擔心的資料，本來應當足以引起英國政府的注意、關心和採取措施來干涉、制止。但是，英國政府並沒有做出任何預防和防備拾貝工人出現危險的安全條例，沒有採取任何強有力的制止措施。就是由於政府的在拾貝業方面的管理政策缺乏明文規定，讓各路拾貝勞工大軍的工頭們，得以「天賜良機」，一心貪婪地開採海貝，導致了我爸爸和其他眾鄉親們的海灣喪生。從而，也變相地慫恿了成千上萬以此為生計的非法入境者停留在英國境內，每天都暴露在危險的工作環境之中。

用史密斯女士自己的話說：「我把在毛蛤蜊灣拾貝工人的安全問題，（向政府）講得如水晶一樣的透澈坦白，如果政府不採取管理措施，一定會出人命的。現在，我已經盡力把所有的問題和事件向政府重點強調，並多次要求政府採取防範措施，實在是政府該做出明確的管理條例的時候了。」史密斯女士要求英國政府首先要做到：對拾貝業要有明文管理條例；要求所有的從事拾貝工作的幫派、組織和拾貝工頭們，要在政府的有關管理部門註冊、登記。政府應該有明朗的態度，杜絕類似慘案的重複性發生。

在英國社會各界輿論和政界要人的呼籲壓力之下，終於在二〇〇四年的七月，英國政府在法律上通過了，社會上的任何流動拾貝大軍、工頭必須要在拾貝地區的政府行政管理部門登記、註冊、領取牌照，才可以經營開採貝類產品生意的規定。從此，結束了成千上萬名被剝削、沒有法律保護、如奴隸一般，工作在海域第一線上，流蕩的拾貝業工人的歷史。這個法律的通過，是對從事無本萬利的拾貝業勞工工頭們一個約束，是對那些付給工人少得可憐的薪資，連工人作業時所必需的安全工具、保安設施和食宿費用，都要工人們自己解決的殘酷剝削者們，一個挑戰性的管制。在那年以後，也就是在二〇〇五年，英國西北部地區和威爾士北部海上漁業管理委員會又相繼下令：由於發現毛蛤蜊灣海床區域內，海灘上的海貝過分被開採，產量急劇下降，為了保護海上資源，決定對外暫時關閉使用，不准許任何人再到毛蛤蜊灣海灘拾貝。但是，這種關閉海灘的規定，沒有法律的支持，在毛蛤蜊灣六公里長的自由海岸線上，根本就是紙上談兵，不起作用。

法庭代理人

關於這次華工溺水慘案，除了穆家兄弟和曹梅梅被送上審判庭以外，還有兩個購買穆家兄弟提供的海貝產品的英國人，東尼登父子。英國警察在二〇〇四年的七月就逮捕了這父子兩人，後來警方同意他們父子可以交保，不必在牢內等待法庭判決。他們父子倆是有營業執照的英國漁業買賣商人，他們就是華人出事的那天晚上，急等著要收購穆偉德承諾的五噸新鮮海貝的海產品商人，父親六十三歲和三十五歲的兒子，東尼登父子多年經營海產品的買賣，他們在英國的利物浦有自己的私人企業——東尼登父子海灣水產漁業有限公司，靠收購從當地出產的新鮮海貝，再轉手出賣給歐洲市場，來牟取高額利潤。

當穆家兄弟當初在利物浦剛剛開張旗鼓，做上無本萬利的拾貝工頭生意的時候，他們先是把水產品賣給了在海灘上開著汽車，專門收購海貝的流動販子，而無法找到直接收購其水產品的客戶。東尼登父子公司，是唯一的一家答應他們可以用每麻袋五英鎊的價格，來大批購買他所能提供的水產品的商人。

東尼登父子被英國警察逮捕的原由是：他們非常清楚華人拾貝工，大都是非法入境的偷渡者。他們父子用購買非法移民挖出的海貝，變相來幫助非法移民在英國的留滯和非法居住。起訴穆家兄弟和其同夥以及東尼登父子的律師是：提姆・賀若迪（Tim Holroyde），他持有英國女皇頒發的特許證件，即委任證的狀師，也叫御用狀師。（Queen's Counsel，御用狀師，是持有英國女皇頒發的特許證書者，有著委任狀師的特殊榮銜。這個職位的委任和免職，都是由大法官來推薦的。有御用狀師這個職銜的人要精通法律，出庭的時候還要穿特製的絲質長禮服和戴特製的銀灰色絲線的假頭髮的髮罩，坐在法庭的圍欄裡，面對法官，坐位的次序要比普通的狀師優先。）

東尼登父子的律師是彼得・昆（Peter Quinn），他們在法庭上的辯護律師是艾力克斯・卡遼絲公爵（Lord Alex Carlisle），他也是御用狀師，他代表被告出庭的時候，需要帶同要求轉聘卡遼絲本人到法庭來為被告辯護的那位普通狀師一起出庭。在這樣的場合，他被稱為首席狀師。除此以外，他還在英國的上議院裡擁有席位，其身分也代表了在英國貴族社會的地位。穆家兄弟的辯護律師是約翰・戴凡波（John Bromley-Davenport），跟上面提到的御用狀師一樣，有著最高的法律界職位；主辦法官是亨瑞克斯・高登先生（Mr. Henriques Gordon）。

死者家屬的反應

我是中國人，由於發生這起慘劇，我成了孤兒。我決意要來英國的目的，就是要弄清楚事情的來龍去脈，查個水落石出。在我們福建省老家的鄉親中間，有些死者的家屬，在痛定思痛之後，強烈地公開要求英國警方，能夠接受死者的親屬們合法到英國來工作與生活的要求，接替死者沒有完成的工作，來英國賺大錢。他們想盡辦法繼續送自己的其他親人來英國賺錢。老鄉們堅信只有來英國，才是大家能夠賺大錢的唯一出路。所以，有更多、更大批的中國福建省華工，輾轉周折繼續偷渡來英國。

據英國官方統計，在毛蛤蜊灣事件發生以後，每一年都有三萬至三萬五千名華工繼續偷渡來英國；加上從歐洲大陸偷渡來英國的其他國家的非法移民，在英國的非法居留者已達六十萬人次之多。按每位偷渡者，要付給安排偷渡者的費用，以最保守的數字來計算，有可能達到了七千萬英鎊的數額。這筆數目可觀的金錢，是要由這些，像我的父親一樣的人，在踏上英國的土地之前，就交付清楚的；他們在到達英國之後，立即就開始了償還債款的勞工日子。許多的勞工們，都要白白地做上兩年的苦工，卸下了債務的重擔以後，才得以為他們的家庭生活著想。這許多偷渡來的華工，如果能夠活命過來的話，兩年以後的收入才算是屬於苦工們自己，為他們自己和家人賺錢。我有幸遇到了一對跟我祖父母是同鄉的夫婦。他們夫妻倆偷渡來了英國以後，分別在兩家華人餐館裡打工，整整幹滿了十三個年頭後，才攢足了可以頂下一家華人外賣店的錢，開始為自己的生意打拚。在這漫長的十三年裡，他們夫妻倆誰也沒有回過老家一趟，也沒有見過離開時僅三歲的親生兒子一次面，煎熬了十三年之後，生活才有了幸福的希望。可惜的是，我的爸爸，跟好多叔叔、阿姨一樣永遠也沒有這個機會了，爸爸能為我們自己掙錢的那一天，再也等不到了。

死者的家屬，沒有憎恨、沒有抱怨負責偷渡的運輸者們。他們認為安排偷渡者收費是理所當然的事，他們為需要外逃的大批勞工們，提供了一個可能「發洋財」的通道。

花大筆的錢，給安排偷渡拿去來買通票，使去英國賺大錢的夢，成為可能的事實。在福建省沿海地區，乃至大陸內部的都市裡，都有人願意花大錢，偷渡到海外發展。我的爸爸和其他二十幾位溺水者，只是大批外逃成功者中間的不幸者，不會影響其他人繼續沿著偷渡的途徑走下去，也不會改變某些年輕人想跑到國外去發洋財的決定。對此，我彷彿已經麻木不仁，無所為了。因為，我自己已經是上無父母，下無牽掛的寡人。我曾經想過多次，我要找上穆家兄弟，讓他們還給我，我那美好憧憬的童年和幸福日子。在英國，經過了長時間的思索，以及自我成熟的過程，我意識到那一切都是夢想。讓兇手在監獄裡慢慢地忍受他自己良心的懲罰吧！讓他在他自己永遠也無法趕走的二〇〇四年二月五日夜晚的實況悲劇一樣的噩夢中度日！讓他每時每日都在他自己的父老鄉親、子弟朋友的詛咒中過活！讓他在十四年後重返故鄉舊地之時，再重新面對像我自己一樣的孤兒吧！在此地的此時此刻，我明白了，無法趕走影子一般噩夢的已經不是我自己，而是肇事者本身，和他的同夥人。這些人只有得到上帝的饒恕，當他們自己有了良心發現，才能得到真正的解脫，才能重新面對周圍人的眼睛，真正過上正常人的生活。

調查與判決

二〇〇四年二月五日的華人勞工溺水事件，是蘭卡斯特地區有史以來的最大的一次死傷案件。從二〇〇四年的二月六日開始，蘭卡斯特地區的警局就開始了歷時近兩年的調查、審理工作。由於溺水者全部都是中國人，與當地人的文化背景不同、語言不同、思維與理解問題的方式不同，這些都成了對這個特殊案件的調查、審理工作延宕的主要因素。譬如：英國警察不懂得中國人的講話習慣是不直接稱呼自己的朋友名字的，就好像我們從來不對自己的父母以名字來稱呼一樣，所以當警察查案時，華人提到「朋友」一詞，員警不明所以，還以為「朋友」是一個貫穿在此案件中的重要參與者，或者是重要的罪犯的名字。所以，警方一時間，動用了大量的情報機構和人力物力，在全英國境內的華人居住區裡，到處搜查用了「朋友」這個名字的華人。更何況普通話「朋友」的發音，與廣東話和閩南話「朋友」的發音又都有著差別，英國警察好一頓折騰之後，最後才弄明白，這又是一大荒唐的笑話了。

警方在調查此案過程中，除了與中國人有文化與語言上的溝通障礙外，還遇到了英國自家政府機關內部的官僚、散漫、不負責任的作風，和英國的工商稅務局、勞工事務管理局、國家罪犯管理中心、國家環境保護管理局、國家食品和農村事務管理局、國家內務部、國家健康安全保健委員會和英國海上救生隊等等機構、部門之間的複雜關係和繁瑣條例等等難題。各個部門的官員們，為了「明哲保身」，盡量逃避在光天化日之下，自己對在此案件、在整個調查工作中所負有的任何責任。由於這種緣故，必然會出現的「此地無銀三百兩」的現象，而在警察的調查過程中，百般阻撓，不予配合，或是在某種程度上，對警察所進行的調查工作刁難。

為把這個案子搞清楚，英國警局確實花了不少的時間和力氣，警方不但在英國的國土上動用了兩百多名民事警察，還特別指定了三十名專職的探警，專門對此案情進行透徹的調查，為上報法庭審理做出充分的準備工作。蘭卡斯特的警局還與中國駐英國的大使館外交人員取得聯繫，通過中國駐英國使館的參與，得到了中國方面的福建省警察廳的配合，在中英兩國的土地上和罹難者的家鄉進行了全面的調查、瞭解與溝通。英國警察查問了上百名與此事件有關的倖存者和目擊人；拿到了有一百五十萬頁的證據資料報告；英國警局為此收發到的來往電話總共達到了近兩萬次；為調查這個案件，英國警方花掉了英國納稅人支付的三百萬英鎊的經費，其中包括花費在聘請講不同方言的翻譯人員、租用交通工具、警署人員往返旅程的費用等等。

這起華工溺水案件，終於在二〇〇五年的九月十二日，正式由英國政府批准，開庭審理。法庭設在事件發生所在地的英國派斯頓法庭，負責審理的法官應該是有豐富審判經驗的、有一定社會威望的，對英國法律已經是瞭若指掌，同時對英國政府的各項政策也都是理解得特別透徹的法官。他能站在中立的立場上，以獨立的判斷力，審理這次慘案，核實案子的全部真實內容，最後來判決此案件應該怎樣處理，他一定要是英國法庭上的一位著名裁判老手。

擔任此次華工溺水案件的審判法官就是亨瑞克斯先生。陪審團有十二人，由兩男十女組成。由十二人組成的陪審團，這是英國傳統的法庭所規定的。這十二名陪審團的成員，是由法庭在英國的合法選民中間任意選定、隨意指派出來的。目的就是讓這些對此案情根本就不知道任何背景的市民，參加到法庭上的辯論工作，讓他們通過親自對事件的調查與核實的親身經歷，來共同協商與協助法庭，做出最公正的判決。

在英國，每一位有選舉權的公民（如果被法庭選中的話）都有這份推託不掉的國家法律指定的責任（法院會給被選中參加陪審團工作的公民，提供在開庭期間最基本的經濟開銷之補償，如：往返的汽車加油費、乘坐公交車的車費等等。此外，英國法律也規定，針對十八歲以下不滿成年的學生以及無經濟能力來承擔法律費用的英國公民，英國法律事務援助署，提供所有的免費的法律援助。當然，承受這種援助的人，需要事先填寫，要求申請法律援助的申請表格，得到英國國家法院法律事務援助署的批准之後，才能得到實際的幫助）。

二〇〇五年的九月十二日，在派斯頓法庭開庭審理此案，審判正式開始的時間是那天上午的十點整。在法庭上，由亨瑞克斯法官先生宣佈開庭。接著由英國社會公眾成員組成的，兩男十女的十二人的陪審團，首先經過集體發誓：宣告（他們）一定要認真地查詢、核對、研究，與此次案件有關係的全部事實和證據，他們要從一切可以得到的證據中，找出真實的情況。接下來，審判團面對法庭上出示給他們看的二十一具中國拾貝華工溺水後的屍體解剖驗屍報告和照片，及英國警察拿到的大量書面證據，對被英國警察逮捕和拘留了的與此案件有關的罪犯四男一女，男：穆家兄弟，東尼登父子和女子曹梅梅，正式開庭審理。

控告這五位犯罪者的是，英國政府法院的上訴部門的控告服務律師、狀師隊。一般來說，按照案子的大小來派出多少名律師和狀師，共同協商，一起負責對整個案件的審理、判決的過程。針對此次的華人勞工溺水案件，法院從原來設有的獨立的控訴部門中，選用了五名控告此案犯罪者的控告律師、狀師，這五個人組成了一個律師、狀師控告服務隊，狀師承擔首席律師領銜控告的工作。其他人會輪流來擔任，對此次案件的某個問題、某個細節，提出詳細控告的工作，他們把拿到的證據一一提交給法官和陪審團，再共同來承擔對犯罪者的指控。

在這次審判華人勞工溺水事件的法庭上，承擔首席領銜控告工作、指控其五名犯罪者有罪的訴控律師是：提姆•賀若迪狀師；同時，法院還設有與訴訟部門、審判部門，這些都是完全與政府、法庭分開的獨立部門。如果，被起訴者在沒有自己私人指定的法律辯護律師的情況下，就會有由英國國家的法院獨立辯護律師部門，指定派出辯護律師，為被告者提供免費的、在法庭上為其提供辯護工作的服務。在這種情況下，穆偉德、穆小栓和曹梅梅都有得到了，英國國家法院的法律事務援助署負責支付費用和指派律師的服務，即他們得到了免費的辯護律師，給他們提供的在法庭上辯護的服務。

由英國國家法院法律事務援助署，指派給穆偉德一夥人的辯護律師是：沒有偏見的辯護御用狀師（也有御用狀師的職銜）；東尼登父子，因為他們擁有自己的私人經營的有限公司的生意和收入，他們無法享受到國家免費律師和狀師的待遇。他們為自己也是為了自身的名譽受到最小的影響，保證自己的生意能夠在事後不受任何影響，也就是他們為了能逃避法庭的判決有罪的命運，他們必須自己花大錢聘請法律界最高名的能手，來為他們的罪證辯護。他們自己聘請的律師是彼得・昆。彼得・昆需要再請一位更高明的御用狀師來協助他們上法庭辯白。在他們的這種特殊情況下，是他們自己的要求，讓彼得・昆律師為自己再轉聘到了一位更有一定社會影響力，有豐富法庭經驗和政府政策知識，還有辯才的雄辯家，此人還必須擁有公爵的頭銜，同時兼御用狀師的職位，才能勝任這個工作。從他們父子的角度來說，這確實是一個舉足輕重色的律師，決定著他們父子和父子公司的命運。這個任務被著名的辯護狀師艾力克斯・卡遼絲公爵，承接了下來。

法庭從星期一到星期五開庭審理，每天在法庭上工作的時間是五個小時，即從上午的十點鐘到十二點四十五分；中午休息一個小時後，下午從兩點鐘準時開庭到下午的四點一刻鐘準時結束。在法庭上，控告律師和辯護律師雙方，在審判法官的嚴正主持下，進行針鋒相對的爭論、答辯、對證和反駁。法庭上，審判法官站在中立的立場上，負責給每位律師有發言機會，並當場宣佈其發言的內容可否與本案件有真正、直接的關係。

在這樣的法庭上，每個人的講話，都要由翻譯員給翻譯成被告能聽懂的語言。由於證人的每一句話都要準確無誤地由翻譯員給翻譯出來；法庭上，每個人講的英文又要由翻譯官給證人翻譯成中文，證人能明白的語言，使得法庭審理工作進展得特別緩慢。同時，法庭對審理如此複雜的案件，其問題涉及到的部門之廣，涉及到的人員之多，涉及到的範圍與地區之大，都是法庭受理和審理此項案件的時間持續了這麼久的原因。

從開停庭結束，整個案件審理的時間長達有七個月之久，更不用說在法庭上，控方律師與辯護律師雙方爭戰術回合，彼此唇槍舌戰、錙銖必較，其場面激烈的程，可謂不言而喻了。在法庭上，有了翻譯員的幫助，由於不同的文化背景、不同語言和其他方面差異引起的障礙，得到了相應的解決。由於為此次案件審理的需要，而出庭作證的一百五十名證人，大都需要在翻譯員的幫助下，才能夠準確地完成出庭作證的工作，所以，在整個法庭上，翻譯員的工作佔用了很長一段時間。

除了證人們在法庭上針對發生在二〇〇四年二月五日，二十幾名中國華人勞工溺水遇難的事件，經過全面的出堂對證，提供口頭證據以外，還有毛蚶蜊灣海域的海上領路人，賽德克・羅賓森——女皇指派在毛蚶蜊灣危險海域區內，負責人們繞道行走，安全通過危險區的領路人——帶路，對慘案發生的現場的海岸區域進行了現場查看。法官、全部的陪審團成員和雙方律師，先後乘坐巡查艇，親自來到了出事的海域內，進行實地視察和體驗。這樣大動作地來審理案子，在英國歷史上也是極罕見：法官帶著陪審團全體人員一起，乘坐著巡查艇實地勘查。所有人，都在英女皇指派的領路人的帶領下，在華人勞工拾海貝溺水的海岸上步行著，踩著泥濘的流沙，深一腳、淺一腳地走了一趟。他們一邊走，一邊看領路人指給他們的那片會出現流沙陷阱危險情況的地帶。然後，他們再乘坐了巡查艇，看完了海域上的整個情況。一路上，他們親眼看到了，也親耳聆聽了領路人講解有關這個海域內，海潮上漲時危險區域的沙堆，隨時都可能會發生的流沙下漩的危險事實。

有了實地的體驗經驗，雙方的律師、陪審團成員和法官，便對這個案件的真相有了更清楚的認識，為公正審理這個案件也做到了胸有成竹。在法庭上，當控告律師質問穆偉德他自己是否有過經驗、有否到過他的工人溺水死亡的海域裡，是否親身從事過拾貝工作的時候，穆偉德告訴法庭：他自己不喜歡英國又冷又陰濕的天氣，更不喜歡下到冰冷刺骨的海水裡去工作。為此，控告律師講：穆偉德從來沒有讓自己的手和衣物弄髒過，他根本不關心自己手下工人的工作條件，只是一心想要從工人的身上得到最大的利益，違反了英國雇主必須對自己的員工工作環境的安全負責的法律。穆偉德的辯護狀師，則及時給予了反駁。他的辯護狀師，章・溫坡特，在法庭上，當著審判團和所有眾人的面，對有二十五年在毛蛤蜊灣海灘上帶路經驗的領路員，賽德克・羅賓森先生，提出疑問說：「英國政府對沒有水上經驗、不懂海上流沙會有危險的華人勞工，開放拾貝海灘是不是愚蠢的行為，是不是瘋子才會有的做法？」

負責毛蛤蜊灣海灘領路工作的賽德克・羅賓森先生（女皇指派的專門負責在有危

險的沙灘地區通行的領路人。在一八六七年英國鐵路與火車建成以前，英國沒有鐵路運輸，只有水上運輸和在沙灘上行走，為了避免走進沼澤地裡、漩入到危險的泥漿沙灘上，從十六世紀起，英國皇家就建立了由英國女皇指派專人帶路，才可以通過有危險的海灘的規定。賽德克・羅賓森先生，就是在一九六三年由英國女皇伊莉莎白親自指派的，為專職的通過毛蛤蜊灣地區的領路人，他已經在這個職位上做了二十五年的帶路工作）答覆說：「在華人勞工溺水事件發生以前，我曾經帶著我的太太，到那片沙灘上走過，我對自己的太太講過：『我從來還沒有見過在任何的海灘上，有如此多、如此豐滿的海貝。但是，這裡實在是太危險了。想，藏在這裡的海貝，永遠不會被開採出來的。』我沒有想到，在這麼危險的海區域內，沒有政府的『禁止走進』的命令，還能對漁民開放。我想政府把這樣危險的海域開放給拾貝工人，是非常愚蠢的做法。」

在法庭上，控告御用狀師又指控穆偉德在二〇〇四年二月五日派出華人勞工出海的當天，沒有查看該海域區內的漲落潮的時間時刻表。就是由於沒有查看漲潮的時間，就沒有能夠做到有所準備。也就沒有準備在潮水到來以前，一定要及時地把華人勞工帶出海域。這完全是主管人的失誤，是主管人員極不負責的態度所造成的疏忽，繼而釀造了這麼多拾貝工人溺水喪生的惡果。同時，還指控他在潮水上漲、緊急危難的時刻，他手下的許多華人勞工的生命，正處於極端的危險境地之時，有工人從現場給他打了電話，告訴他正在發生的危險情況。他知道以後，卻選擇了以「讓上帝來決定他們的命運吧！」的無人道主義的做法，致使二十幾個人，二十幾條青壯年的生命，來不及逃生。他又沒有在得到消息的第一時間裡，為這些人派送救援，而導致了他們的溺水死亡。故此，他對這次事故的發生，應該負有不可推卸的直接責任。對此項的控訴，穆偉德及其辯護狀師啞口無言，無詞答辯，只有低頭認罪。

在法庭上，也有因為英國政府，對大批非法入境的移民在危險海域區內開採海貝的事實「視而不見」的政策失誤，進行過辯論。因為是英國政府，沒有明文規定不允許這樣做；英國政府對此次案件的發生，也應該負有不可推卸的責任。但是，英國政府也確實有明文規定，從事拾貝業的工人，應該是持有管理局簽發的工作許可證件。在一般的情況下，都是工頭為其手下的拾貝工人辦理得到的。控告御用狀師提姆•賀若迪，理所當然地還指控了穆偉德、穆小栓和曹梅梅合夥，為他們手下的拾貝華工，包括這些遇難的華工，偽造和出具了假的證件。

在法庭上也討論到，英國政府事先即了解毛蚶蝌灣的海域潛藏著漲潮、流沙的危險。雙方的律師都同意，明知此海域有危險，卻沒有立法明文規定，來約束拾貝工人的作業，又沒有規定不允許任何人在那裡從事拾貝的工作，這是英國政府的失誤。英國政府面對地方官員，如：史密斯女士等眾多社會人士的多次強烈地呼籲，卻聽而不聞，遲遲沒有做出任何明確的規定。儘管英國政府對要求得到在英國獲得避難權利的外國人管理條例，越來越加緊收住閘門，卻對已經留住在英國土地上，從事拾貝的非法移民的工作環境，置之不理。

事實上，從中國偷渡過來的華人勞工，很少能夠得到英國政府的批准，獲得合法地在英國工作與生活的避難權利的。所以，這些非法移民，就沒有任何法定的生活福利保障與最基本的經濟待遇，在這種特殊的情況下，大批從中國南部沿海地區，偷渡來到英國，想要工作掙錢的青壯年華人勞工，就不得不被迫落入到由英國的流氓集團組織的類似「三不管」這樣企業與管理人員的手中，不得不去從事各種如同奴隸般的、充滿危險的職業和工作，成為英國人不願意自己動手來做的、從事危險生意的奴隸和替死鬼。

在這方面，英國的政府機構，移民局、工商業管理局都是睜一隻眼閉一隻眼的不肯出面管制。相反，還默認了這些在英國的非法移民的拾貝工作，是他們能「自食其力」的行為，變相地慫恿與支持了當地人雇用非法移民為拾貝工人，在危險的海域內從事海貝的開採、拾貝工作。陪審團從開庭審理這次案件的開始，一直到結尾，經常面對政府方面的規定與法律不明確，導致的許多互相矛盾的棘手問題，致使雙方律師爭執、糾纏不休。這也是造成這個案件在開庭審理過程中，多次出現休庭、延宕和遇到了嚴重障礙的原因之一。多次由於這種緣由，陪審團和法官無法繼續進行公正的審判，只有暫告休庭。或是在審理過程中，為了弄明白政府的某項政策，也多次出現不得不休庭的情形，這當然也造成了延宕，拖慢了審理的腳步。

東尼登父子，是英國利物浦水產漁業股份有限公司的主要持股人，警察在逮捕他們之後，把他們送上了法庭。在法庭上，他們父子面對陪審團和二〇〇四年二月五日事件的倖存者，以及眾多的見證人。他們仍然拒絕承認，他們自己對二十幾名為了拾貝賣給他的公司，讓他能夠獲得大量利潤的溺水華人，負有任何責任。他們被提姆．賀若迪御用狀師在法庭上，起訴控告的罪行是：「明明知道穆偉德賣給他們的海貝，是由非法入境的華人勞工採挖出來的，還是要持續收買他們的海貝。他們父子用購買非法移民提供的水產品——主要是海貝，來幫助非法移民在英國得到收入，以致能夠停留和居住下來。他們是觸犯了英國國家法律，犯有幫助非法移民，非法在英國從事無執照的工作和非法停留、非法居住之罪狀。」東尼登父子在那筆生意中，充當了中間人的作用，因為海貝還沒有採挖出來，他們已經把海貝出售給了西班牙的買主。老東尼登也承認了，他們自己在支付完穆偉德的費用以後，將會得到的純利潤是一千英鎊之多。也就是說穆偉德和東尼登雙方，都在連他們的手指也沒有弄濕弄髒的情形下，在華人勞工的身上，各自剝削到成千英鎊的收入。在華人勞工溺水事件發生之後，警察找到了他們父子，要求瞭解調查這個事件的經過。可是，他們父子一直故意拖延時間，沒有及時與警察合作，還說了假話來誤導警方的工作，拒絕告訴警方要求知道的、在他們手裡掌握的詳細情況，如：他們一直拒絕通告給警方，他們從穆偉德手中得到的海貝產品上，每次所獲得的經濟利潤實際是多大，還有雙方協定的細節、情況等等，都沒有即時坦誠地交代。年輕的東尼登在法庭上，眼見無法再繼續掩蓋事實真相，他在大庭廣眾逼視之下，不得不承認了他自己本來與穆偉德講好了的那筆生意，他們期望在二〇〇四年二月五日那天能有五千英鎊的轉手生意。

東尼登父子的辯護律師，艾力克斯・卡遼絲公爵，在法庭上為他們父子辯護的理由是：由於東尼登父子，跟本就沒有收到過英國政府明確的通知規定，即英國政府跟本就沒有明文規定和正式通知給英國的漁業商人，不准許他們收購非法入境勞工打撈的海產品；而且，中國的非法入境勞工一直能被政府默許在毛蛤蜊灣打撈蛤蜊，他們能夠繼續地打撈下去，他們的水產品就該得到收購。

艾力克斯・卡遼絲公爵還繼續雄辯說，英國政府沒有採取任何措施和手段，來提示與警告英國的漁業商方（即擁有經營漁業水產品收購許可證件的公司，也就是東尼登父子的公司），正在為他們拾貝的華人勞工，都是一些非法進入到英國境內的移民，英國漁業商不要收購這些非法移民人採挖出來的海貝。是英國的國家移民局、包括移民局長在內的重要人物，是他們為這些非法入境的移民，在英國的留住與工作製造了機會，使他們能夠自由地在英國的海灘上從事拾貝工作。非法入境的拾貝中國華工們，在英國的拾貝業和出口海貝業所做出的貢獻，被認為是非法入境華工們能夠自食其力，不需要英國政府的福利部門為他們承受任何負擔。他這麼一說，確實給十二人的陪審團、主審法官，都出了一個大難題。

社會上不滿政府政策的情緒，馬上對準了國家內務部。面對如此議論紛紛的社會輿論，英國的內務部長躊躇滿志、責無旁貸主動出面干涉、發表了公開講話。那時的英國國家內務部部長已經由盲人大衛・布蘭卡特換成了查爾斯・柯拉克先生。查爾斯・柯拉克先生以「新官上任三把火」的勁頭，做了完全是「驢頭對不上馬嘴」式的公開講話。查爾斯・柯拉克先生在二〇〇六年的一月五日，即對此次華工溺水事件正式開庭審理的四個多月之後，他在接受英國最受歡迎的廣播電臺、英國BBC Radio 4的節目主持人採訪時，對廣大的聽眾說：

現在，在英國，有國際犯罪集團組織的國際型非法入境、拐賣婦女從事賣淫生意和販賣毒品的生意極為嚴重。他還說：「我們看到了在毛蛤蜊灣發生的慘劇，還有像中國人被用密封的貨櫃偷運、偷渡來英倫海峽，而到了英國以後，就慘死在貨車的貨櫃裡的事實，這是最令人痛心的悲劇。從本質上來講，這些偷渡來英國的中國人，事先在他們自己的國家裡，就要付出很大的一筆錢，付給欺騙了他們自己的那些人，然後才被送到英國來。這是因為他們相信到了英國之後，他們的生活會有很大的好轉，但是，實際上他們面對的是被用來當作奴隸。

他的講話剛剛放送給全英國的聽眾收聽，馬上受到了東尼登父子的辯護律師艾力克斯·卡遼絲公爵尖銳的批評。卡遼絲公爵在法庭上，引用了內務部部長的講話，公開對此進行挑戰。他一針見血地指出：國家內務部部長的講話，會給廣大的聽眾和陪審團的人員這樣的印象，就是理解為或相信為：在他（國家的內務部部長）的手裡，即國家內務部各個部門機要員的手裡，已經掌握了這些「國際犯罪分子的詳細資料和他們有計劃地組織的非法安排的移民，已經進入到了英國的詳細資料」。其實，就是公開宣傳在國家的內務部裡，已經掌握了他宣稱的國際犯罪集團的資料；可是，查爾斯·柯拉克先生的手裡，並沒有這些實物和證據，來證明他已經掌握了這些資料。這樣，他的講話就很有可能會引起了陪審團、審判法官和聽眾的誤解。也就是說：他的講話會誤導聽眾和陪審團、法官的判斷。

除非審判法官和陪審團下令，讓大家在認真審理此次案件與對其判決的過程中，根本就不去理睬國家內務部的部長查爾斯·柯拉克先生的公開講話。否則，就會有他的講話，對這次法官、陪審團所做出的決定，帶著直接或間接的干涉性影響的危險。

法庭在這種特殊的緊張與尷尬的情況下，審判法官亨瑞克斯法官先生，不得不在重新開庭審理華人溺水案件的第一時間裡，對全體陪審團委員會的委員們宣佈說：請接受我的保證，我沒有收到任何如此的證據。簡單地講，沒有任何這樣的證據。

英國的國家內務部的大部長，在這次如此重要的審判進行過程中，再次扮演了非常愚蠢的角色。正是因為這個緣故，在法庭對東尼登父子，對二十幾名華人溺死案件所負有的責任，最後判決時，宣佈：儘管法庭無法判處東尼登父子是有罪的，還是拒絕了他們父子提出的要求法庭賠償他們在此案件中，他們所承擔的各種法律開銷——包括聘請最精明、最能善辯的律師，從而獲得勝辯，與其他方面的經濟開銷和法律費用的要求。審判法官亨瑞克斯法官先生說：麻煩是他們自己找的。責任是他們自己對英國警察撒謊，浪費了英國警察與探警的工作與時間，是他們自己把自己捲入到了此案和法庭上來的。

在法庭上，陪審團和法官沒有對英國內務部和移民局的所做的工作，再提出任何更多的追究，也沒有就非法移民留住英國的問題再做任何判決。法庭決定除了與此案有關的當事人以外，法庭在此不再考慮、也不負責為任何其他機構本身的問題尋求或給予答案。法庭就是法庭，法庭不代表任何其他的英國政府官方機構，只對本案實行公正的判決，不再鑽與本案派生出來的問題的牛角尖。

英國法庭庭長亨瑞克斯審判法官，在正式宣讀審判的判訣書以前，收到了一封信。他在法庭上大聲宣告，他要在對被審判的罪犯宣判之前，給全體出庭的陪審團人員和聽眾們，宣讀這封來自中國福建省偏遠山村裡的一位十五歲的男孩寫給他法官本人的信，這個男孩就是在這次事件中，失去了父母雙親的孤兒。他的話音剛落，法庭內立即變得肅然起敬，在場人的目光全都集中到了法官的身上。就連穆偉德也低著頭，雙手下垂，細細的雙眼盯著審判長手裡的信，臉部沒有任何表情，靜靜地與在場的上百人一起，屏住呼吸，傾聽著法官朗讀的，從六千里以外，福建省他自己的老家，偏遠的鄉村上，一個本來天真幸福的孩子，現在竟然成了孤兒，親筆寫來的那封信。

法官的語調變得充滿了人情味，他拿著那封遠來的信件的手微微地在顫動著，整個法庭內鴉雀無聲，安靜得連一根銀針掉在地上都可以聽得見。他先用低沉的語氣解釋給大家說：

這個男孩的父親的屍體在二〇〇四年二月六日早晨，被打撈上岸，母親剛剛到了英國只有一個星期，就與丈夫在同一個時間裡遇難了，她的屍體至今仍然沒有下落。

然後，法官亨瑞克斯先生從他的眼睛邊上面看了看在他對面的眾人，大家仍然鴉雀無聲，就重新將目光集中在他手裡的信上。用他那特有的、有著那種抑揚頓挫法律威力，同時又夾雜著悲痛與同情的語氣給大家讀了信的主要內容：

……法官大人我就是那位在一夜間，成了沒有父母的孤兒，這個噩夢在我少年的心靈上，永遠地刻下那無法言語的痛苦。我的經歷以及那種失去了父母而在心靈上造成的折磨，已經在我的心上留下了無法癒合的烙印般傷口……

法官停了一會兒，又繼續用了鏗鏘有力的語氣讀了信的最後幾行字：

我憎恨這些有著魔鬼般的靈魂、披著人皮的豺狼，我鄭重地向法官大人請求：要將這些人繩之以法！

然後，他把信放在了桌子上，向全體眾人繼續解釋說：「已經成了孤兒的男孩，現在由他的祖父收養，這孩子和他祖父家裡的親屬們，都非常害怕幫助孩子父母偷渡來英的那夥人，因為他們隨時有可能要找上門來逼債，他們要收回孩子父母離開中國時，所欠下的巨額債款。我們今天就要面對造成這次慘案的人，做出判決。」

在場所有人一致把目光投向了穆偉德和穆小栓，他們兩人仍然雙手下垂，頭微微低著，眼睛不再看任何方向，只是盯著他們自己的腳尖兒，臉上沒有任何表情。在他們的臉上沒有一絲同情感、沒有一絲人情味，更沒有一絲慚愧、自悔和罪惡感。他們鐵石一般的心腸，早已就被密探警官米克・蓋衛一眼看透過。米克警官也曾在法庭上用尖銳、生動的語言，把穆家兄弟的本性揭露得淋漓盡致：「在穆偉德的身上，有一定程度的對他手下華人勞工的漠不關心與橫行跋扈的殘忍，我從來沒有見到過他有任何懺悔表示，也沒有為了悔恨自己的所作所為而產生過悲傷，或接近懊悔的表現。貫穿在他骨子裡的全都是金錢的臭味。」

至於曹梅梅，她在事件發生開始的時候，拚命為保護男友出假證據、做偽證；她還找到了穆小栓先前的英國女友，要她也為穆家兄弟暫時掌管財務。那樣，她便得以脫身，不被警察追尋，同時她還要求那個英國女孩兒為他們作偽證。那個英國女子，雖然那時已經懷上了穆小栓的第一個孩子，但是，她堅決沒有接受曹梅梅的這樣安排。相反，她在自己母親的陪伴下，主動找到了英國警察，講述了事實真相，並配合英國警察的一切調查工作。她還把遇難的二十幾位中國華工稱為她自己的朋友，要求穆家兄弟應該繩之以法，主動出庭作證，為案件的公正審理做出了公平合理與仁義道德的公證。

這個女子在法庭審理此案期間，就公開宣佈她自己跟穆小栓根本就沒有註冊，也沒有法律承認的婚姻關係。曹梅梅竭力想要與穆偉德、穆小栓劃清界限、保持距離。但是，曹梅梅畢竟是穆偉德、穆小栓犯罪活動的幫兇，況且，她確實也做過偽證，妄圖欺騙過法庭。她最終也沒有能夠逃脫掉法庭的審判，被判決入獄，實在也是罪有應得。穆偉德從開庭到宣判他有罪入獄，始終沒有承認過自己就是拾貝華人勞工的工頭，他堅持說是罹難者中的兩名拾貝隊的隊長是工頭，他自己則是被雇來開車的司機。但是，如今罪證確在，他是無法逃脫法庭的公正審判。

對他們穆家兄弟的審判，沒有像對東尼登父子審理期間那樣的針鋒相對的激烈爭辯，因為英國警察已經把有關他們穆家兄弟罪行的大量人證、物證，全都擺放在了陪審團和法官的面前了。事件發生時的海上救生人員，也為法庭提供了第一手的真憑實據的證詞，來證實穆偉德、穆小栓就是這次慘案的罪魁禍首。更確切的證據，就是有這次事件的目擊者，也是這次慘案的倖存者在同一個法庭上。他們坐在了法庭螢幕的後面，向法官、向全體陪審團和在場的人員提供了真實的描述，他們的證詞鏗鏘有力，句句帶血帶淚，使法庭上的眾人無不痛心淚下。一切鐵証如山，以此為據，法庭對穆家兄弟的有罪行為，做出了公正的判決。

宣判終於在二〇〇六年的三月二十四日星期五舉行，由法官亨瑞克斯先生主持。宣判的內容明確，語言精煉：

> 穆偉德貪婪、手段殘忍的程度讓人吃驚，他寧肯讓自己的二十多名自鄉人在海水中喪生，也不肯放棄維護他自己的面子。為此，他編造了謊言，意欲掩蓋了他錄用廉價的奴隸，勞動力的事實。他說出「讓上帝來決定他們的命運」的話，實在是泯滅了人性，喪盡天良。那二十幾位青壯年人的性命，因為他沒有積極地協助救生員，迅速搶救在危難中的同鄉人。為此，本庭宣判，他因為殘害其二十幾名

勞工的生命而判刑入獄十二年；同時為「奴隸勞工」偽造假證件，欺騙和觸犯了英國的移民法，而服刑役六年，此六年與前十二年相並軌同時服役；穆偉德在知道羅難者處在危難中而他自己有責任的情況下，藏名隱姓、編造謊言，把責任推卸給已經遇難的死者，自己欲逃避法律責任，欺騙警察和法庭，還威脅目擊者不准告發他的罪行，為此法官下令在以上的判決基礎之上，繼而再被判處入獄兩年九個月。穆偉德各項罪證加在一起，共被判入獄十四年九個月。

法官剛一宣讀完判決書，在場的陪審團成員和旁觀者們，立即用熱烈的掌聲，來表達對法官的支持和對穆偉德罪有應得的判決之痛快。

穆偉德的同夥人穆小栓，是穆偉德來到英國後的投靠人，他被判：穆小栓觸犯英國的移民法，判處入獄四年；因為他還犯有欺騙罪，再外加入獄九個月，一共四年零九個月。

曹梅梅，主犯穆偉德的女朋友，她為主犯掌管了從華工身上扣押和剝削到的所有錢財，被判刑入獄兩年；又因為她給非法勞工製造了假工作證件，她也做了假證言來欺騙法庭。為此，另外被判刑入獄九個月，一共兩年零九個月。

法官亨瑞克斯先生，在宣讀完判決書時還說：「以上三名中國人，將被押送到英國的監獄裡服刑，當他們的刑期服滿以後，他們將會被英國的警方遣送回中國。」

刑期定讞後，，法官宣佈審判結束、休庭。眾人相繼離開法庭。在法庭門外等待許久的大批新聞記者和攝影記者，紛紛搶著拍照。法庭的發言人向記者們說：法庭的判決為的是：「讓死者求得到公正，為死者家屬平息憤怒，為違法肇事、草菅人命者，施以應有的懲罰。」

現在的毛蛤蜊灣與拾貝業

二〇〇四年二月五日的華人勞工溺水慘案情件，發生在蘭卡斯特郡地區之後，這個地區的各黨派組織出現了歷史上從來就少有的團結，共同呼籲在毛蛤蜊灣地區，要徹底加強對拾貝業的管理，避免同類悲慘事件的再次發生。他們一致通過表決，決定要給英國政府和其有關的部門施加輿論壓力，徹底改變毛蛤蜊灣拾貝業有如一灘散沙般無人管理的現象。

儘管社會輿論的壓力一面倒一致指責英國政府內務部門的昏庸無能，英國政府還是無動於衷。最後，終於有了一份由十七名國會議員（十一名是工黨成員）組成的小組人員，共同簽名撰寫的一篇對此次事件調查的報告。在報告裡指出，本來負責有關方面的官方人士在事發後的幾個小時之內，就應該趕到出事現場，親自向現場救援工作的隊員們調查瞭解情況，安慰當地為此受到了嚴重驚恐而不得安寧的市民百姓。可是，負責這件案子的白德肖先生，在事發後的三個星期之後才翩翩遲來，這樣的處理行為，實在是令納稅人感到對自己的政府大失所望。

這次事件在全英國影響大、波及廣，對在英國的華人來說，更是震動極大。二〇〇四年的六月，在英國西北部地區的華人委員會（英國政府出經費設立的為華人事業服務的機構），用中文和英文兩種文字，印製了大量的《毛蛤蜊灣海域地區拾貝必備安全知識手冊》。華人會還將這些宣傳冊子免費發送、郵寄給在英國西北部地區和北威爾士地區，從事海上拾貝作業的華工。宣傳手冊詳細地講解了如何在海上作業時如何避開常見的緊急危難的，如何避免潮水的襲擊，如何不濃霧中不致迷失方向等等常識。在宣傳手冊裡還教育拾貝工人，如何保證自己的人身安全，和必須要在出發前瞭解清楚當地的漲潮、落潮的時間表。一直積極投入保護拾貝工人人身安全工作的當地英國國會議員，也在二〇〇四年的七月採取行動，以英國國會議員史密斯女士為首，和三十九名議員聯名提出，要求英國政府加強對拾貝業安全和法律方面的管理，他們聯合簽署了一項合理的意向書，寫成之後，遞交給英國政府。

在社會輿論的壓力和英國有正義感的政界人士及眾人的強烈要求之下，在二〇〇五年的七月底，英國終於擬訂並通過了相關法律，規定所有的從事拾貝業的工頭，都必須遵守英國國家健康和安全委員會制定的規則。規則要求：凡是從事拾貝業的社會工頭，都要在招聘工人之前，向政府有關機構申請和領取到了允許從事拾貝業的許可證件以後，並具備了政府要求的從事拾貝業所需的安全設備，以求保證拾貝工人的人身安全以後，才可以正式運作。

規則還要求：在送出拾貝工人出海作業以前，必須有充分的潮漲、潮落時間方面的知識；拾貝工人的身上，必須帶著指南針或地理方向指示器或地圖；必須配帶對講機或手機；必須有必要的裝備工具和機車等。這個規則還得到了英國皇家的許可，還規定了如果任何人違法，將被面臨最高十年的刑期。

英國政府面對毛蛤蜊灣拾貝業的問題，只能做出這種用法律管理與制裁的決定。因為，如果要關掉海灘，不允許拾貝業發展，是需要法庭的判決，況且，在六公里長的自由海岸線上，拾貝者可以在任何一點上、任何一個時間內採挖拾海貝。為此，會引起更多的麻煩，也會影響民生經濟收入。只有採取法律管制和制裁的辦法，才能加強對這些流動社會大軍控制下的拾貝業的監督和管制。二〇〇四年的八月，在離二十幾名華工出事地點不遠的地方，再次出現了兩輛運輸海貝的拖拉機被毀，一百四十四人在挖拾海貝的過程中險因漲潮溺斃事件。毛蛤蜊灣附近的海上救生隊和特快艦艇再次迅速趕來救險，慘劇才得以避免再次上演。

事發以後，英國國會議員史密斯女士再次上訴英國政府，要求政府出面來關閉毛蛤蜊灣暫停對外開放至少六個月的時間，待有強力的法律制度建立起來之後，再重新開放這個海灘。她的建議得到了另外一位地方政界要人凱斯·登的贊同和支持。凱斯·布登認為，在毛蛤蜊灣，如果沒有強化的法律性條例的約束，搶奪和亂挖海貝的戰爭，就永遠無法停止，拾貝工人出現生命危險的機會也就無法避免。只有政府宣佈停止開放這個蘊藏著豐富海貝的海灘，才能對開採海貝的工業進行強化性整治。

到了二〇〇四年的八月底，英國西北部和北威爾士海域漁業管理委員會，以科學研究的結果發現，在毛蛤蜊灣附近海域區內，出現了大批過小的海貝，他們以為了避免和防治這種情況的蔓延為藉口，聲明必須關閉掉在該地區的海貝開採作業。

一個月以後，也就是二〇〇四年的九月份，英國政府在毛蚶蜊灣海灘附近建立起了「進入海灘拾貝檢查站」。這是有英國警方、健康安全委員會、勞工管理局、海上漁業管理局、英國政府移民局共同合作，設立的多方面控制、檢查管理站。所有想要進入海灘拾貝的任何人員，都要先出示合法證件，在得到證件檢查和安全知識指導以後，才能被允許進入到海灘上挖拾海貝。經過嚴格管理控制下的海灘上，拾貝人員也同時受到了嚴格的監管。結果，管理人員發現，舊日的拾貝海灘上成了許多人扔掉他們報廢的舊汽車、舊家庭電器設備、破舊傢俱的垃圾場！

再過來了兩個月以後，在二〇〇四年的十一月份裡，英國一家有聲望的紀錄片製品公司的創作人尼克・布姆菲由德先生親自來到毛蚶蜊灣，他在二十幾名華人勞工拾貝溺水出事的現場，實地拍攝了一部報導華人勞工艱苦、危難的拾貝生活，逼真地模擬華人勞工如何遇難的紀錄片，該片的名字就叫《鬼》。

尼克・布姆菲由德對他的朋友們說，他自己從這部紀實影片中學習到的就是，在這裡挖海貝的華人勞工，每個人都有屬於自己的故事；每個人都有養家糊口的責任；每個人都要在這種惡劣的條件下，辛勤地工作，並且要忍耐好多年之後，才能與自己的親人闔家團圓⋯⋯。這部紀實電影，已經於二〇〇七年二月，即華人勞工遇難三周年前夕完成，目前已經在英國的各地電影院裡放映過了。

英國海上救生隊的負責人米克・蓋爾對我說：「儘管這次溺水慘劇已經在毛蛤蜊灣發生了，那歷時七個月的法庭審判工作，也在英國的公眾間造成了很大的影響，但是，仍舊有人冒著生命危險，不管潮水漲落的時間，忽視天氣的變化，不弄明白哪裡安全哪裡危險，就派出工人出海拾貝，這樣的現象還在非白人的社區裡重複上演。」

毛蛤蜊灣地區的皇家救生艇管理人員也說，在二〇〇四年二月的華工拾貝溺水事件發生之後到二〇〇六年的年底，官方統計資料證明，在毛蛤蜊灣至少發生過五十起拾貝溺水求救事件。其中最為人知的例子，就是在一個星期天的早上八點鐘，一對父子跟著朋友們來海邊拾貝。父親三十九歲，兒子十六歲，還有一位十七歲和一位二十四歲的朋友一起騎著單車來毛蛤蜊灣拾貝。在九點鐘的時候，海潮忽然上漲，把他們全部都給困住了。他們一部價值兩千五百英鎊的單車，也被迅猛的潮水和急沙給淹沒了。最後是海上救生隊緊急出動營救，才使得他們保全了性命。儘管如此，藏在毛蛤蜊灣海灘深處的海貝，仍然是誘惑人們去淘金、神秘莫測的無底深淵。

今後的生活

我當年是抱著滿懷的悲傷、痛恨與惆悵，踏上了尋求爸爸遇難真相的英國魔鬼之島的，我踏遍了毛蛤蜊灣六千米長的金色沙灘。瞭解了它在我的腳下，蘊藏有豐盛的海貝，也有隨時可以下漩的深淵。這裡的天是那樣的藍，海是那樣的深沉，群山是這般的偉岸；只是腳邊的水窪，讓我永遠不能平安。因為就是這表面平靜的麗水，奪走了我幸福的童年。六千米長的金色沙灘啊，爸爸在此留下了多少足跡？晶瑩閃爍的海貝殼啊，爸爸為你揮灑掉多少血汗？為了愛，為了我能生活得更幸福，親愛的父親，您的魂靈從這水底泥沙下升天！我永遠永遠再也找不回您的愛、您的笑、您的撫摸和您最真摯的在我額頭上的親吻，只有您，才能給我，我最最愉快的童年。

我在毛蛤蜊灣漫無目的地尋找，尋找爸爸的身影、爸爸的音容笑貌。在我的世界裡，爸爸和我在一起；他一會在海底，一會又在天邊，好像在跟我捉迷藏。爸爸要我活得愉快，要我活得健康。爸爸要我努力，努力建立一個更美好的家！

我終於弄明白了爸爸在英國遇難前後的真相，秋天裡的一個清晨，我再次來到了爸爸溺水的毛蛤蜊灣海灘，我已經記不得自己有多少次在這裡默默地從清晨坐到夜晚了。我坐在沙灘邊的石頭上，只是靜靜地傾聽著瑟瑟的風聲、嘩嘩的海水，有節奏地拍打著岸邊的沙灘，沙灘上留下退潮時一圈一圈的痕跡。我，什麼都不想要再去看，什麼也不要再去想。

今晨，與往常一樣，毛蛤蜊灣周圍的環境是如此的恬靜、美麗、誘人。淡藍色的天空上有輕盈的白雲漂浮，海邊有鬱鬱蒼蒼的群山，太陽剛剛從海面升起，把海水映照得泛起了紅暈。在我身邊不遠處，有幾隻海鳥，牠們在天空中自由自在地鳴叫著、自由自在地由低空向高空往返飛翔。忽然，一隻水鳥，在發現了食物的那一瞬間，衝入海裡銜魚去了。因為是退潮時刻，在遠處的海泥沙灘上，仍然還有人在認真地挖撿著海貝，我無法控制自己不要去想——就是在這裡，就是做著同一種挖拾海貝的工作，我的爸爸和他的那二十幾名工友……。

我無奈地仰頭追望高飛的海鳥，海鳥的尖叫聲可真是撕人心裂啊！可是，海鳥的叫聲一般不能持續長久。很快，海鳥便又迅速地衝進到海裡抓魚去了。不知道究竟經過多少時間，我的眼前，出現了幾個拾貝工人，他們身穿全身的防水服、拖著橡皮船和靶子，在沙灘上走來走去，走去走來。但是，沒有任人與我打招呼，我也不去招呼任何人。太陽已經升得很高了，從我身子背後，傳來了不急不徐、清脆悅耳的教堂鐘聲，我才知道今天是星期天，是基督教徒做禮拜的日子。

我有好久沒有去教堂做禮拜了，我忽然想念起家鄉的教堂。同時，我的耳邊響起了我那位念神學院的朋友的話：「你看，在每個星期天，前去教堂的人，並不一定都是真正的虔誠的基督教徒。能成為一名純粹的與虔誠的基督教徒，是要經過無數次的奮鬥，努力戰勝自己思想上的雄辯，和自己的內心不斷爭戰的過程。這個過程不是一朝一夕就可以完成的，而是需要幾個月、幾年乃至十幾年或幾十年的時間，這就是自我思想鬥爭的結果。但是，究竟是上帝的意願，或是自己的意識能夠戰勝自己思想上的一切？讓上帝真正地成為自己心靈和思想上的領路者的人，才真正是一位虔誠的、純粹的基督教徒。」

我的腦海裡忽然不停地默默重複起，我從小就跟從牧師的帶領，一句一句學說的禱告詞：

在天有靈的天父，願你在世上掌權，願你的旨意在天上與在地上一樣有威力。請賜給我們每天的飲食，饒恕我們的罪過和欠的債務，就像我們能夠饒恕欠了我們債的負債人一樣；帶領我們不要接受誘惑物的誘惑；但是，能夠保護我們不要落入邪惡者的手中。在這個世界上，你有最高的權力和榮耀，直到永遠，阿門。

我一遍又一遍地默誦著其中的這句話：「就像我們能夠饒恕欠了我們債的負債人一樣。」這是我從來不需要在記憶裡去追尋的字樣，也永遠不會忘記的禱告詞。不知不覺地我已經來到了教堂的門前，這時，教堂裡的禮拜已經快要到了結束的尾聲，我靜悄悄地走進教堂，在後排剛坐下，就又隨同大家站了起來，一起唱起了讚美歌。歌詞是這樣的：

生活的絢麗多彩映入我的腦海，太陽已經升起，黑夜早已過去，走進城裡的街道上，讓我把基督的消息傳誦。燃放起焰火，張燈結綵迎接基督的回來，接過他精神的種子，讓其長成果實，告訴信仰基督的人們，基督的愛，永遠放射光輝。

穿過公園，走進城市的中心，陽光依然高照，它將永不落下，世界光明再次升起，在黑暗中掙扎的人們需要我們的友誼。燃放起焰火，張燈結綵迎接基督的回來，接過他精神的種子，讓其長成果實，告訴信仰基督的人們，基督的愛，永遠放射光輝。

張開你的雙眼，舉目望向天空，四周一片漆黑，陽光已經逝去，黑夜已經降臨，太陽不再出現。但是，基督和我們同在，他的精神就在我們的身邊。燃放起焰火，張燈結綵迎接基督的回來，接過他精神的種子，讓其長成果實，告訴信仰基督的人們，基督的愛，永遠放射光輝。

歌聲停止了，牧師的結束語接著說：現在世界上仍然還有戰爭、饑餓、愛滋病患、地球變熱的憂患，想一想這些，你們自己就會有無限的滿足。讓自由、仁愛、和平、慈善、友好、幸福、快樂和自我控制與上帝同在，上帝永遠與你們在一起。

在神學院念書的朋友走到了我的身旁，握著我的手說：「歡迎你來神學院學習！你的申請已經得到批准了。」我的眼睛一亮，我要開始重新生活，在神學院攻讀青少年神學教育專業。上帝的愛是永恆不變的愛，多少個年輕父母為了愛，為了給自己的家人和孩子獲到更好的生活，喪失了自己寶貴的一切，乃至生命。只有上帝能理解失去了父母慈愛的孩子們的孤獨，上帝的力量能夠慢慢地幫助解脫我心靈上的悲傷與痛苦，上帝的力量能夠讓那隻握著槍，扣緊扳機的手指鬆開，能讓瞄準了自己腦袋的槍口緩緩滑落，能把那支自殺的槍，扔進到毛蛤蜊灣海灘的海底沙泥裡。讓它埋葬，生鏽、腐爛成泥漿。父母的愛、上帝的愛永恆不變，只要心中有愛，就能生存下來。

釀文學35　PG0632

死亡沙灘

作　　者	冰　岩
責任編輯	林泰宏
圖文排版	陳宛鈴
封面設計	王嵩賀

出版策劃	釀出版
製作發行	秀威資訊科技股份有限公司 114 台北市內湖區瑞光路76巷65號1樓 電話：+886-2-2796-3638　傳真：+886-2-2796-1377 服務信箱：service@showwe.com.tw http://www.showwe.com.tw
郵政劃撥	19563868　戶名：秀威資訊科技股份有限公司
展售門市	國家書店【松江門市】 104 台北市中山區松江路209號1樓 電話：+886-2-2518-0207　傳真：+886-2-2518-0778
網路訂購	秀威網路書店：http://www.bodbooks.com.tw 國家網路書店：http://www.govbooks.com.tw
法律顧問	毛國樑　律師
總 經 銷	創智文化有限公司 236 新北市土城區忠承路89號6樓 電話：+886-2-2268-3489　傳真：+886-2-2269-6560 博訊書網：http://www.booknews.com.tw

出版日期	2011年9月　BOD一版
定　　價	250元

Printed in Taiwan

國家圖書館出版品預行編目

死亡沙灘 / 冰岩著. -- 一版. -- 臺北市：釀出版,
2011.09
面； 公分. --（釀文學；PG0632）
BOD版
ISBN 978-986-6095-48-1（平裝）

857.7 100016817

讀者回函卡

感謝您購買本書，為提升服務品質，請填妥以下資料，將讀者回函卡直接寄回或傳真本公司，收到您的寶貴意見後，我們會收藏記錄及檢討，謝謝！

如您需要了解本公司最新出版書目、購書優惠或企劃活動，歡迎您上網查詢或下載相關資料：http:// www.showwe.com.tw

您購買的書名：________________________________

出生日期：________年________月________日

學歷：□高中（含）以下　□大專　□研究所（含）以上

職業：□製造業　□金融業　□資訊業　□軍警　□傳播業　□自由業
　　　□服務業　□公務員　□教職　□學生　□家管　□其它_____

購書地點：□網路書店　□實體書店　□書展　□郵購　□贈閱　□其他

您從何得知本書的消息？

□網路書店　□實體書店　□網路搜尋　□電子報　□書訊　□雜誌
□傳播媒體　□親友推薦　□網站推薦　□部落格　□其他__________

您對本書的評價：（請填代號　1.非常滿意　2.滿意　3.尚可　4.再改進）

封面設計____　版面編排____　內容____　文／譯筆____　價格____

讀完書後您覺得：

□很有收穫　□有收穫　□收穫不多　□沒收穫

對我們的建議：________________________________

____

____

____

請貼
郵票

11466
台北市內湖區瑞光路 76 巷 65 號 1 樓
秀威資訊科技股份有限公司 收
BOD 數位出版事業部

（請沿線對折寄回，謝謝！）

姓　　名：＿＿＿＿＿＿＿＿　年齡：＿＿＿＿　性別：□女　□男

郵遞區號：□□□□□

地　　址：＿＿＿＿＿＿＿＿＿＿＿＿＿＿＿＿＿＿＿＿

聯絡電話：(日)＿＿＿＿＿＿＿＿　(夜)＿＿＿＿＿＿＿＿

E-mail：＿＿＿＿＿＿＿＿＿＿＿＿＿＿＿＿＿＿＿＿